[澳]杰西卡·汤森/著 吴华/译

永海镇

3

奇迹社团的秘密

中信出版集团 | 北京

图书在版编目（CIP）数据

永泊镇．奇迹社团的秘密 /（澳）杰西卡·汤森著；
吴华译．-- 北京：中信出版社，2022.4（2023.6 重印）
书名原文：Wundersmith: The Calling of Morrigan
Crow
ISBN 978-7-5217-3431-7

Ⅰ．①永… Ⅱ．①杰… ②吴… Ⅲ．①儿童小说－长
篇小说－澳大利亚－现代 Ⅳ．① I611.84

中国版本图书馆 CIP 数据核字（2021）第 158267 号

永泊镇·奇迹社团的秘密

著　　者：［澳］杰西卡·汤森
译　　者：吴华
出版发行：中信出版集团股份有限公司
　　　　（北京市朝阳区东三环北路 27 号嘉铭中心　邮编　100020）
承 印 者：北京中科印刷有限公司

开　　本：889mm × 1194mm　1/32　　印　　张：7.75　　字　　数：153千字
版　　次：2022 年 4 月第 1 版　　印　　次：2023 年 6 月第 7 次印刷
京权图字：01-2019-4418
书　　号：ISBN 978-7-5217-3431-7
定　　价：39.80 元

出　　品：**中信儿童书店**
图书策划：**如果童书**
策划编辑：**蔡磊**
责任编辑：**陈晓丹**
营销编辑：**中信童书营销中心**
封面设计：**刘潇然**
内文插画：**杨猛**
内文排版：**颂煜文化**

谨以爱和谢意，将此书献给助我更进一步的女性。

尤其是吉玛、海伦，

以及武野文惠领衔的日本奶奶啦啦队。

目录 | contents

I

天使伊斯拉斐尔

跨年夜 · 第一年 · 冬

茉莉安·克罗从伞轨车上跳下来，冻得牙齿咯咯直打架，握着伞柄的两只手也都冻僵了。风把她的头发吹得乱七八糟，她一边拼命地整理，一边着急忙慌地追赶着她的资助人。他已经蹿到几码开外的地方了，噌噌噌地走在波希米亚区熙熙攘攘的主街上。

“等等！”她喊着，在一群身着缎子长袍和华丽天鹅绒斗篷的女人中间挤来挤去，“朱庇特，慢点儿！”

朱庇特·诺斯回过头来，脚底下却没停：“慢不了，小茉。‘慢’这个字就不在我的字典里。跟上。”

他说着，又一头扎进了行人、人力车、马车和机动车的混乱之中。

茉莉安急匆匆地跟在他后面，闯进了一片宝石蓝色的烟雾里。烟雾闻起来甜腻腻的，正喷在她脸上——一个女人手上夹着一根小小的金色雪茄，她的指甲也染成了宝石蓝色。

“呃，真难闻！”茉莉安咳了几下，挥手赶走那些烟雾。有那么一瞬间，她找不着朱庇特的身影了，不过随即她就看见了他那浅金色的脑袋，一上一下地在人海里浮动。她连忙冲了过去。

“一个小孩儿！”她听见那个指甲涂成蓝色的女人在后头惊讶地嚷嚷，“亲爱的，快看呀，有个小孩儿！在这儿，波希米亚区！多吓人哪！”

“只不过是场表演罢了，亲爱的。”

“哦，还真是啊，太新鲜了！”

茉莉安很想停下来，四处逛逛看看。永泊镇的这一带，她还是第一次来呢。要不是担心在人群里跟丢了朱庇特，她肯定会因为这宽阔的街道，两侧的剧场、戏院、音乐厅，以及五颜六色的灯光和霓虹灯招牌兴奋不已。人人都穿着最考究的衣服，从四面八方的车厢里蜂拥而出，又汇入各个剧场的大门。街头小贩又是叫又是唱，往吵闹的酒吧里招揽客人。餐馆里挤满了食客，桌子摆到了大街上，所有的地方都挤得满满当当，哪怕是在这天寒地冻的跨年夜、冬季的最后一日。

茉莉安总算赶上了朱庇特。他正站在那最最拥挤的人群外面，也是整条街最最漂亮的建筑外面等她。这闪闪发光的大楼是用白色大理石和金子建成的，茉莉安觉得它很像大教堂，也有点儿像婚礼蛋糕。楼顶支着一张遮篷，灯火通明的，上面写着：

新德尔菲安音乐厅敬献

吉吉·格兰德

及
古特伯恩五人乐团

“我们要……进去吗？”茉莉安喘着气，肋骨阵阵作痛。

“什么？进这里面去？”朱庇特一脸轻蔑地抬头看了看这个“新德尔菲安”，“老天，才不是呢。宁死也不去。”

他偷偷地回过头瞄了一眼，领着她拐进了新德尔菲安音乐厅背面的一条小巷，把吵吵嚷嚷的人群抛在了身后。小巷很窄，他们只得一前一后地走着，跨过一堆堆无法辨认的垃圾，迈过那些从墙壁上松散落下的砖块。这里没有灯，只有强烈浓重的臭味。越往深处走，臭味就越浓，像坏掉的鸡蛋，或是死掉的什么动物，也可能两者皆有。

茉莉安捂住了鼻子和嘴巴。这臭味实在太难闻了，她勉勉强强才忍住了想吐的冲动。她想赶紧转身折返，可朱庇特就跟在后面，轻轻推着她，催她继续往前走。

“停一下，”就在他们快要走到小巷尽头时，朱庇特开口了，“这是不是……不对，等等，这是……”

茉莉安转过身，看见朱庇特打量着墙壁——看起来和其他的墙壁没什么不同。只见他用指尖轻轻地按了按砖块之间的灌浆，凑上去闻了闻，还试着舔了一下。

茉莉安一脸震惊地看着他：“哎呀，别舔了！你这是在干什么啊？”

朱庇特没回答。他凝视着墙壁，片刻之后皱起眉头，仰着脸望了望夹在房舍屋顶之间的那道窄窄的、缀满星星的天空。“唔，应该就是这儿了。你能感觉到吗？”

“感觉到什么？”

他拉起她的手，按在墙壁上：“闭上眼睛。”

茉莉安照做了，可心里觉得很蠢。有时候，你很难分辨出朱庇特是在冒傻气还是在说正经的，比如说此刻，她就怀疑，他根本是在逗着玩儿。毕竟，今天是她的生日，朱庇特已经答应她，不搞什么“惊喜”，可他应该还是会在一屋子人里表演个精心准备的、令人尴尬的特技吧，然后再唱个“祝你生日快乐”什么的。她正想把这些猜测说出来，这时——

“哦！”她的指尖感到了一种极其细微的、模糊的刺痛，耳朵里也响起了一阵低声嗡鸣。“哦！”

朱庇特抓住她的手腕，非常轻地把它从墙壁上拉开了。茉莉安感觉到了一股相反的拉力，仿佛墙壁有磁力似的，吸住了她的手，不放她走。

“那是什么？”她问。

“小小把戏。”朱庇特咕哝道，“跟我来。”他往后退了退，把一只脚踩在了砖墙上，然后另一只脚也踩了上去——完全撇开了地心引力——顺着墙壁，朝天空的方向走去。他缩着身子，免得撞到小巷另一侧的建筑。

茉莉安静静地瞪着他，好一会儿才回过神来。她现在已经是永泊镇丢卡利翁大饭店的永久居民了，同时还是奇迹社团的成员，真不该在看见奇人异事的时候还这么惊讶。

她深深地吸了一口气（闻见那股臭味又想吐了），学着朱庇特的样子，踩上了砖墙。她的两只脚一踏上墙壁，整个世界恍然倾斜翻转，随即又恢复了平衡，所以她没感觉到什么不适。而且，那股难闻的臭味也消失了，取而代之的是夜晚的清新空气。突然之间，走在满天星斗之下的墙壁上，成了再自然不过的事。茉莉安大笑起来。

他们一从这条垂直的“小巷”走出来，世界就再次向右倾斜，掉转了方向。

房顶上不过是另一条小巷，茉莉安还以为会有点儿什么特别的呢。这条小巷拥挤、嘈杂，笼着病恹恹的绿色灯光。她和朱庇特排到了一列队伍的队尾。队伍很长，侧面拉着天鹅绒绳子，排队的人都很兴奋。这种兴奋的情绪是很有感染力的，茉莉安心里也激动地期待起来，不禁踮起脚尖，想看看大家到底在等什么。只见队伍前面有一扇破旧的蓝色大门，上面挂着一块牌子，牌子上面潦草地写着：

老德尔菲安音乐厅

后台入口

今晚登台：天使伊斯拉斐尔

“天使伊斯拉斐尔，是谁啊？”茉莉安问。

朱庇特没回答，只是歪歪脑袋，示意茉莉安跟上，然后就大摇大摆地走到了队伍的最前面。有个女人正百无聊赖地站在那儿，翻弄着手上的名单。她通身黑色，从厚靴子到挂在脖子上的羊毛耳罩都是（茉莉安颇为欣赏）。

“队尾在那边。”女人头也不抬地说道，“不允许拍照。演出结束前什么也不签。”

“我恐怕等不了那么久。”朱庇特说，“我现在溜进去，您不介意吧？”

女人叹了口气，漫不经心地瞥了他一眼，嘴巴一开一合地嚼着口香糖说：“叫什么？”

“朱庇特·诺斯。”

“名单里没有你。”

“不。我是说，是的。我知道名单里没有我，不过我希望您能把我添上。”他说着，金色的大胡子里透出笑意，轻轻地拍了拍翻领上金色的 W 形小别针。

茉莉安觉得很不自在。她知道在永泊镇，奇迹社团的成员是很受人敬仰的，而且经常拥有普通人只能遐想的特殊待遇，但她从来没见过朱庇特如此明目张胆地使用他的“别针特权”。他总是这么做吗？她想。

那女人却不以为然——茉莉安觉得，这也可以理解——她瞪着那枚金色的 W 形别针，皱了皱眉，然后抬起描着粗眼线的眼睛，望着朱庇特满怀希望的脸眨了眨，说："名单里没有你。"

"他肯定愿意见我。"朱庇特说。

那女人撇着上唇，露出镶满钻石的牙齿："何以为证？"

朱庇特歪着头，挑起了眉毛。那女人也做出了同样的表情。终于，朱庇特叹了口气，从外套里掏出了一根黑色的、洒满金色斑点的羽毛。他把羽毛夹在手指间转动着，一圈，两圈……

女人微微睁大了眼睛，张大了嘴巴，茉莉安甚至能看见卡在她牙齿之间的那团浅蓝色的口香糖。她不安地看了一眼朱庇特身后的长龙，然后推开了那扇褪色的蓝色大门，一歪脑袋，示意他们进去："那就快点儿吧。还有五分钟就启幕了。"

老德尔菲安音乐厅的后台漆黑一片。身穿黑衣的工作人员悄无声息、手脚麻利地忙碌着，四周弥漫着一种静谧而期待的气氛。

"那根羽毛是怎么回事？"茉莉安悄声问道。

"显然比别针管用啊。"朱庇特似乎有点儿不高兴。他递给茉莉安一副耳罩——那是他顺手牵羊从标着"工作人员"的盒子里拿的，然后说道："给，戴上，他就要开唱了。"

"谁？你是说那个天使是……呃，真实存在的？"她问。

"对啊。伊斯拉斐尔。"他把一只手伸进金色的头发里抓了抓。茉莉安知道，这个动作说明他有点儿紧张。

"可是我想听听啊。"

“噢，不要吧。你不会喜欢的，相信我。”朱庇特透过帷幕，看了看外面台下的观众，茉莉安也飞快地瞥了一眼，“你绝不会想听到这种歌声的，小茉。”

“为什么？”

“因为那将是你所听过的最甜美的声音，”朱庇特说，“它会像扣动扳机似的，触发你大脑中的某种东西，不间断地带给你所能感知到的最最美好的……平静。它会提醒你，你是一个完整的人，完美无瑕，该拥有的一切已然在怀，孤独和悲伤已是遥远的回忆。你的心会充盈满溢，你会觉得，这个世界再也不会让你失望了。”

“听起来挺吓人啊。”茉莉安干巴巴地说。

“确实吓人，”朱庇特的脸色变得严肃起来，“因为这平静很短暂。伊斯拉斐尔不可能永远唱下去。所以当他停下来的时候，那种完美的幸福感就会烟消云散。你会重归现实世界，回到冰冷、缺憾与肮脏中去。那种落差实在叫人难以忍受，你会觉得心里空落落的，仿佛生命也就此戛然而止。那感觉就像是你被裹在泡泡里，可世界上的其他人，就在你周围，继续着那样不完美的生活。你看见外面那些人了吗？”他轻轻地把帷幕拉开了一点点，两个人一起看向外面的观众。

外面的人群如海洋般涌动，张张面孔被空洞的乐池灯光照着，流露出同样的神情——热切而茫然。渴望，是渴望。“他们并不是艺术生的资助人，”朱庇特继续说道，“资助人不会出现在这里，因为资助人欣赏的是精湛的表演。”他低下头，看了看茉莉安：“而这些人是瘾君子，小茉。每一个都是。他们是来这儿续命的。”

茉莉安偷偷地望向那些如饥似渴的面孔，只觉得一阵不寒而栗。

一把女声划破空气，观众们安静下来了。

“女士们，先生们！在他百战而归的凯旋之夜，这场前无古人的视听盛宴即将在老德尔菲……我谨为您介绍，举世无双、从天而降、神圣至极的……”话筒里的声音戏剧性地压低了，变成了轻声耳语，“请向天使伊斯拉斐尔展示您的爱意吧！”

音乐厅里猛然爆发出掌声、欢呼声和口哨声，把之前的静谧一下子撕碎了。朱庇特用胳膊肘戳了戳茉莉安，催她把耳罩戴上，扣好。所有的杂音都被摒绝在外，能听到的只有自己耳朵里血液流动的声音。茉莉安知道，他们来这儿不是为了看什么演出，而是有更重要的任务，可即便如此也……有点儿烦人，真的。

音乐厅里的黑暗被璀璨的金色光辉取代。茉莉安眨眨眼睛才又能看清，在人群上方，富丽堂皇的天花板正中央，一束追光勾勒出一个男人的身影。他是如此奇诡绝美，超凡脱俗，惊得茉莉安实实在在地倒吸了口冷气。

天使伊斯拉斐尔浮在半空中，一双翅膀强劲有力，上面覆着黑夜一般浓郁的羽毛，脉纹闪着虹彩，金光莹莹。这双翅膀从他的肩胛骨之间伸出，缓慢而有节奏地挥动着，展开至少有三米长。他的身体也很健壮，肌肉发达，但是柔软灵动，炫酷的黑色皮肤上，有一条条金色的小血管凸起，让他看起来宛如一只用贵重金属修复过的花瓶。

他俯视着下方的观众，仁慈的目光里同时带着冷漠的好奇。大厅里的人们仰头凝望着天使伊斯拉斐尔，涕泪横流，浑身发抖，紧紧地抱住自己寻求安慰。有几名观众甚至当场晕倒，躺在了地板上。茱莉安不禁觉得这有点儿过分夸张了：他都还没开口唱呢。

这时，他唱起来了。

观众们凝滞了。

仿佛再也不会恢复活生生的原样似的。

宁和而持久的平静，像雪一样降临，覆盖了整个音乐厅。

茱莉安原本可以待在原地，躲在舞台的一边，整夜都看着这诡异、安静的奇景，但朱庇特只看了几分钟就不耐烦了（一贯如此，茱莉安想道）。

在烟雾缭绕的昏暗后台，朱庇特在尽里面找到了天使伊斯拉斐尔的化装间。他们决定进去等他。沉重的铁门关上了，关得严严实实的，朱庇特这才觉得安全了，示意茱莉安可以摘下耳罩。

茉莉安环顾四周，皱起了鼻子。这里简直是一团乱：空罐子、空瓶子到处都是，还有几盒吃了一半的巧克力；几十只花瓶散落各处，里面插着枯萎程度各不相同的花束；服装堆在地板上、沙发上、椅子上、梳妆台上，发霉的气味显然来自那些该洗的衣服。天使伊斯拉斐尔竟然是个邋遢鬼。

茉莉安困惑地哼了一声："你确定没找错地方？"

"唔，很不幸，没找错。"

朱庇特在沙发上刨出一块地方，让茉莉安坐下，小心翼翼地把垃圾挪进了垃圾桶……然后他就忘了自己是来干什么的，投入地花了四十分钟，把整个屋子清理了一遍，还把所有的台面都擦了，尽量把这儿收拾得像个人待的地方。他没让茉莉安帮忙，茉莉安也没主动要求——哪怕是举着一根十英尺长的杆子，她也不想去碰这些有损健康、有碍安全的东西。

"小茉，听着，"朱庇特一边忙活一边说，"你感觉怎么样？还好吗？感觉开心吗？感觉……平静吗？"

茉莉安皱起眉头。她本来是挺平静的，可他一问她是不是平静，她就不平静了。没有人会问别人是不是平静吧，除非他认为对方有"不平静"的可能。"怎么了？"她眯起眼睛，"有什么不对劲的吗？"

"没有没有！没有不对劲！"说是这么说，可朱庇特的声音尖了起来，有点儿防备意味，"什么问题都没有！只是……要见伊斯拉斐尔这样的人呢，心绪平和是非常重要的。"

“为什么？”

“因为伊斯拉斐尔那种人会……吸收其他人的情绪。这个嘛，呃，特别难过或是生气的时候去拜访他们挺不礼貌的，因为那样会让他们心情糟透，这一天就毁了。而且，坦率地说，让伊斯拉斐尔情绪不佳，我们自己也承受不起。这个非常重要。所以，呃……你状态怎么样？”

茉莉安灿烂地咧开嘴，竖起了双手的大拇指。

“很好，”朱庇特慢吞吞地说道，似乎有点儿不安，“很好，有备无患。”

后台的扩音器响了，宣布幕间休息二十分钟。不一会儿，化装间的门砰地被撞开了。

当红巨星风风火火地进来了，他满头大汗，那双翅膀就叠在背后。他径直朝着手推车走了过去，那上面摆满了叮叮当当的酒瓶，里面盛着颜色深浅不一的棕色烈酒。他挑出琥珀色的一款，给自己倒了一小杯。接着又是一杯。第二杯喝到一半的时候，他才终于发现，屋里还有别人。

他瞪着朱庇特，把最后一口酒咽了下去。

“迷路了，是吗，亲爱的？”他终于开口了，冲着茉莉安点了点头。他讲话的声音也是如此深沉、悦耳，茉莉安听着，竟然生出一种心痛的感觉，就像怀旧、乡愁，或是渴望，浓烈得仿佛张开嘴就能吐出来。她重重地咽了口唾沫。

朱庇特干巴巴地笑道：“这是茉莉安·克罗，这位是天使伊斯拉斐尔，举世无双的歌者。”

“很高兴见……”茉莉安刚开口就被打断了。

“幸会。”伊斯拉斐尔胡乱地挥了挥手，“我没想到今晚会有人来访，所以没带多少钱，不过……”他指了指推车，“你们就随便喝点儿吧。”

“我们不是来讨吃讨喝的，老朋友，”朱庇特说，“我想请你帮个忙。非常紧急。”

伊斯拉斐尔倒在椅子上，两腿往扶手上一甩，气哼哼地瞪着手里的玻璃杯。他的翅膀动了动，重新收叠规整，搭在椅背上，犹如一件宽宽大大的羽毛斗篷。它们光滑平整，底层还有柔软的绒毛。茉莉安很想伸手摸一摸，不过忍住了。那样会很奇怪吧，她想。

“我早该知道，你是无事不登三宝殿，”伊斯拉斐尔说，“我还以为你永远也不来了呢，老朋友。第十一年夏天之后你就没露过面了，连我的首演也没来，你记得吧？”

“这事我真的很抱歉。你收到我送的花了吗？”

“没有。我不知道。可能收到了吧。”他无所谓地耸了耸肩，“送来的花可多着呢。”

茉莉安可以确定，伊斯拉斐尔就是想让朱庇特不好受，可她自己也忍不住不好受起来。她之前从来没见过伊斯拉斐尔，却一想到他不开心就受不了。她有种冲动，很想给他一块饼干，或是一条小狗，诸如此类。

朱庇特从外套口袋里掏出一卷皱皱巴巴的纸和一支笔，默默地递给了他的这位朋友。伊斯拉斐尔却不理不睬。“我知道，你收到我的信了。”朱庇特说。

伊斯拉斐尔转动着手里的杯子，没有回答。

“你可以签吗？”朱庇特简单干脆地问道，手还伸着，“拜托了，可以吗？”

伊斯拉斐尔耸耸肩说：“我为什么要签？”

“我想不出像样的理由，”朱庇特承认道，“但我还是希望你能签。”

天使此刻正盯着茉莉安，神态严肃而谨慎。“能让朱庇特·诺斯出手资助的理由，我只能想到一个，”他啜了一口杯中酒，把目光挪回朱庇特身上，“要是我猜错了，那你就只管直说啊。”

茉莉安也看着自己的资助人。三个人就这么一动不动地坐着，令人不安的寂静似乎被伊斯拉斐尔当作了默认。

“奇迹锻工。”他压低声音，轻轻吐出一句话。他深深地叹了口气，疲惫地捂住脸，从朱庇特手里抓过纸卷，却没有碰那支笔。“你是我最好的朋友，也是我认识的最傻的傻瓜。好吧好吧，我当然会签署这份愚蠢的担保协议。但这根本没有意义啊。奇迹锻工，真是的，太荒谬了。”

茉莉安在沙发上动了动，觉得很尴尬，而且也有点儿不高兴。这人自己的化装间脏得像垃圾坑，却说别人“荒谬”，听起来真叫人难堪。她吸吸鼻子，努力地装出一副无所谓的矜持模样。

朱庇特皱起眉头：“小伊，你不知道我有多感激你。但这件事属于高度机密，你懂，它只能……”

“我知道怎么保守秘密。”伊斯拉斐尔气哼哼地说着，向后一伸手，一哆嗦，就从自己的翅膀上拽下一根黑色的羽毛。他把羽毛插进梳妆台上的墨水瓶里蘸了蘸，在纸页底部潦草地签上了名字，一脸沉郁地还给朱庇特，然后把羽毛往旁边一扔。它飘飘摇摇地落在地板上，金色的斑点折射着灯光，漂亮极了。茉莉安很想把它捡起来，带回家珍藏，可是又觉得，这或许有点儿像偷了人家的衣服。“我真以为你会来得更早些，你知道吧。卡希尔的事儿你听说了？”

朱庇特正在朝着签名吹气，想让它快点儿干。他头也不抬地问：“卡希尔？他怎么了？”

“他不见了。”

朱庇特停住了，抬眼看着伊斯拉斐尔。“不见了？”他反问道。

“消失了。”

朱庇特摇了摇头：“这不可能。”

“我也这么想啊，可是事情就是这样。”

“可是，他是……”朱庇特欲言又止，“他不能就这么……”

伊斯拉斐尔的神色暗了下去。茉莉安觉得他那样子像是害怕了。“可是，事情就是这样。”他重复道。

沉默了片刻，朱庇特站起来，系好了外套，示意茉莉安准备告辞。“我会调查这事儿的。”他说。

“会吗？”伊斯拉斐尔不太相信。

“会的，我保证。”

他们沿着小巷的墙壁走下去，回到了波希米亚区亮如白昼的主街上，然后穿过拥挤的人群，往伞轨车车站走。不过此时，他们走起路来要比之前优雅得多。朱庇特的一只手紧抓着茉莉安的肩膀，仿佛刚刚想起，在这陌生而拥挤的地方，他真得把她盯紧点儿才行。

“卡希尔是谁？”在站台上等车时，茉莉安问道。

“也是伊斯拉斐尔他们那拨儿里的。”

“厨娘给我讲过不少天使的故事，”茉莉安想起了自己过去的家克罗庄园，“死亡天使、仁爱天使、毁掉晚餐的天使……”

“这可不是一回事。”朱庇特说。

茉莉安迷糊了：“他们不是真正的天使吗？”

“我觉得这可能有点儿超出想象范畴了，他们其实是神灵，算是吧。”

“神灵……什么意思？”

“哦，你应该明白呀，就是住在天上，会花样飞行啊，有翅膀啊，诸如此类。卡希尔是神灵圈子里的重要角色，要是他真的消失了……唔，我看一定是伊斯拉斐尔弄错了，或是夸大其词了——他就喜欢咋咋呼呼的，小伊这家伙。啊，车来了，准备好了吗？要跳了。”

说时迟那时快，茉莉安和朱庇特瞅准时机，把各自的雨伞挂在了伞轨车缆索的钩子上，死命地拽着伞柄，任由缆索带着他们在迷宫般的永泊镇上空飞驰。伞轨车的缆索遍布全城，复杂莫测，纵横交错地穿过低处的大街小巷，又呼啸着攀上房顶和树梢。在茉莉安看来，这危险得都有点儿冒傻气了：你在天上飞来飞去，靠的只是紧紧地抓住雨伞，要不然就会掉在地上摔成八瓣。不过，吓人归吓人，在高空看着人和建筑向后掠去，感受着风扑在脸上，的确也很刺激。住在永泊镇，乘伞轨车是她最喜欢做的事情之一。

“听着，我必须告诉你些事情。”他们终于回到了丢卡利翁大饭店所在的街区，于是狠拽伞柄，从飞驰的伞轨车上跳下来。这时朱庇特说道：“我没有完全跟你说实话，关于……关于你的生日。”

茉莉安眯起眼睛，冷冰冰地说：“哦？”

“别那么生气。”朱庇特咬着嘴唇，好像十分内疚似的，“只是……呃，弗兰克听说今天是你的生日……你也知道他是什么样的人，什么事都能变成开场宴会的借口。”

“朱庇特……”

“还有……丢卡利翁大饭店的每一个人都很爱你！”他的声音突然高了八度，好一个哄骗人的先抑后扬，“他们要为他们最喜欢的茱莉安·克罗庆祝生日，我也没理由不同意呀，不是吗？”

“朱庇特！”

“好啦，好啦。”他举起双手投降，“你说过不想大张旗鼓的嘛，别担心了好吗，弗兰克保证过会低调的。只有员工们，你和我，再加上杰克。你就吹吹蜡烛，我们就唱唱‘祝你生日快乐’而已……”茱莉安哀叹起来，光是想一想就已经让她尴尬得脸都红了，一直红到耳垂。“……然后吃吃蛋糕，就完事儿了。其他的明年再说。”

茱莉安瞪着他：“低调？你保证？”

“我向你发誓。”朱庇特一只手捂着心口，郑重其事地说，“我告诉弗兰克要收敛些，再收敛些，计划一直缩水，他都觉得有点儿不像话了，因为缩得只有他原计划的十分之一那么多了。”

“是吗？那他照做了吗？”

她的这位资助人冷哼一声，像是被冒犯了：“听着，我知道我是个闲散从容的炫酷先生，而且……”茱莉安礼貌地扬起眉毛表示质疑。“……不过想必你也发现了，我的员工们还是很尊重我的。弗兰克知道谁是老板，小茱，他知道是谁在他的工资单上签字。相信我，既然我让他低调，那么他就一定会……”

朱庇特没能说完。这时，他们已经转了个弯，来到了非凡大道，高大宏伟、金碧辉煌的丢卡利翁大饭店就坐落在此。茱莉安和她的资助人就住在这里……而了不起的宴会策划专家、吸血鬼侏儒弗兰克，显然已将大饭店装饰一新。

整座丢卡利翁大饭店挂满了火烈鸟粉色的小彩灯，估计有几百万盏吧，照得夜空亮堂堂的。没准儿在太空中都能望见，茉莉安想道。

“……就一定会置之不理？”她替瞠目结舌的朱庇特说完了那半句话。

聚集在大饭店门前台阶上的，可不只是员工，似乎所有暂住在这儿的客人都在，另外还有不少看热闹的人。他们的脸上洋溢着兴奋，团团围着一个奢华的、粉红色的九层生日蛋糕。茉莉安觉得，这蛋糕好像更适合皇家婚礼，而不是一个小孩儿的十二岁生日宴。喷泉边等候着一支铜管乐队，茉莉安和朱庇特一到，他们就按照弗兰克的手势，热热闹闹地边走边吹奏起来。而最最引人注目的，是一条横跨整个房顶的横幅，上面庞大闪烁的字母拼成了：

茉莉安十二岁了！

“生日快乐！”员工和宾客们喊道。

弗兰克一指朱庇特的侄子杰克，杰克就点燃了一簇烟花。烟花呼啸着冲上天空，洒落点点星辉花火，把大家全都笼罩在里面。

著名的女高音歌唱家、获得过爵级勋章的林地语者钱

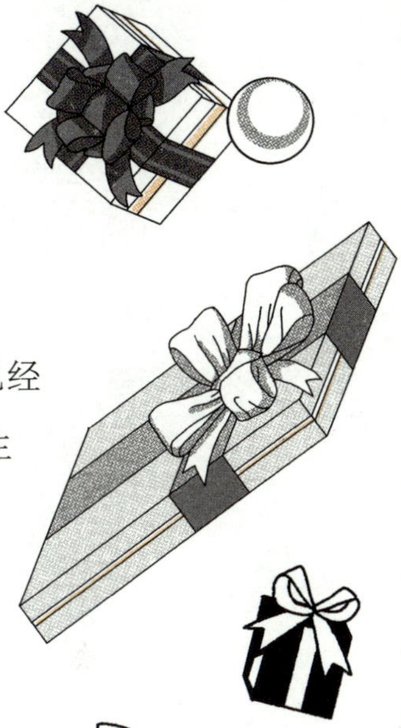

达·卡莉夫人，为大家演绎了一首极为戏剧性的《生日歌》（三只知更鸟、一只獾和一群松鼠立刻闻声赶来，满怀憧憬地簇拥在她脚边）。

丢卡利翁大饭店的运输主管兼司机查理，已经在他的爱车里挑选出一辆，整饰完备，好让过生日的姑娘可以随时乘坐。

门房凯吉瑞和服务员玛莎抱着一大堆礼物，脸上洋溢着灿烂的笑容。

还有大块头的华姿猫、客房部主管芬内斯塔，趁着四周热闹，偷偷地把大爪子一扬，撒下一大把粉红色的糖霜。

朱庇特急慌慌地瞥了茉莉安一眼："我能不能……呃，和我们的屋顶宴会总司令私下谈谈？"

茉莉安摇摇头，想忍住却最终没能忍住嘴边的笑意。她感到自己的胸膛正中央，有一束暖暖的阳光在闪耀，仿佛还有一只猫蜷缩在里面，心满意足地发出咕噜咕噜的声音。以前从来没有人为她举办过生日宴会。

弗兰克真好，真的。

茉莉安被抹了一脸蛋糕，晕晕乎乎，又被上百位宾客没完没了的祝福弄得精疲力尽，最后终于爬进了卷成一卷、像蚕茧似的羊毛毯子里（这是当天晚上变出来的；她的床显然很理解，这一天有多么漫长）。她的脑袋刚挨着枕头，就沉沉地睡着了。

然而，半秒钟之后，她又醒了。

她醒了，床已不知去向。

她醒了，身边还有别人。

2

姐妹兄弟

第二年 · 春

繁星满天、万里无云的夜空下，睡眼惺忪、拱肩缩背的九名新成员，一个挨着一个站在奇迹社团大门外。

深更半夜，穿着睡衣，在永泊镇寒冷的街上醒来，茉莉安本该惊慌失措，但有两件事平复了她的担忧。

第一件是，奇迹社团的大门变成了反季节的欢迎花墙，五颜六色的玫瑰、牡丹、雏菊、绣球花像织锦似的缠绕着，绿色的藤蔓弯曲着拼出令人激动的字眼儿：

来吧，
加入我们。

第二件是，站在她右边的男孩儿，四肢瘦削，一头鬈发，嘴角还沾着睡前吃的巧克力屑——正是她在这世界上最好的朋友霍桑·斯威夫特。他揉着眼睛，迷迷糊糊地冲着她咧嘴一笑。

“哦。”他像往常一样淡定，伸长脖子，看了看站在两旁的另外七个孩子。他们也都穿着睡衣，冻得哆哆嗦嗦的，有点儿生气又有点儿害怕。“又是奇迹社团的奇迹事儿，对吧？”

“肯定是啊。”

“我正做美梦呢，”霍桑发牢骚说，“我梦见我骑着龙，飞过树林，然后摔了下来，掉进了树丛里……后来一群猴子收养了我，还选我当它们的国王。”

茉莉安嗤笑道：“选得挺好。”

我的朋友也在这儿，她开心地想，一切都会顺利无虞的。

“这是要我们做什么？”站在茉莉安左边的女孩儿说道。她肌肉结实，宽肩厚膀，脸色红扑扑的，至少比茉莉安高一头；她讲起话来带有浓重的高原地区口音，乱蓬蓬的红头发一直垂到了背上。茉莉安记得这个女孩儿。她是萨蒂亚·麦克劳德，曾在表演选拔赛上与一名成年巨人角斗，并且获胜了。

茉莉安没法儿回答她。因为她也不知道，而且，她又想起了当时比赛时的情景：萨蒂亚从黄长老身下抽出椅子，用它狠狠地砸向巨人，发出咔嚓咔嚓的声音，实在可怕。真是太吓人了，茉莉安想道，不过，公平地说，也真是足智多谋。

“猜猜呗，”霍桑打了个大大的哈欠，“不过我想，可能是要我们进去吧。”

他话音刚落，大门就缓缓地打开了，发出了吱吱嘎嘎的巨响。在欢迎花墙和高高的砖墙后面，奇迹社团的前院地面朝着傲立楼微微倾斜，大楼的每一扇窗子都亮着，犹如灯塔在召唤他们前往。

这九位最终胜出的候选人从数百名满怀希望、期待加入奇迹社团的孩子中脱颖而出，成为 919 团的新学员。他们一踏进大门，就感觉天气变了。

神奇的“奇团天气”没能让茉莉安感到惊讶，这可是有史以来的第一次。大门之外，是老镇区，街上的空气寒冷、清冽。而大门之内，奇迹社团像包在泡泡里似的，自有其小气候。在这里，什么都“多一点儿”，草地上覆盖着厚厚的霜，空气里有一种下雪天的气味——清爽、洁净、寒冷。大家都呼出白雾来了。茉莉安哆嗦起来了，其他人也搓着胳膊跺着脚，想暖和一点儿。大门吱吱嘎嘎地关上了，寂静笼了上来。

当然，他们去年已经见识过奇迹社团了。第一项挑战——读书选拔赛——就是在傲立楼里面进行的。茉莉安还记得，那时自己和几百个孩子一起坐在大大的房间里，桌椅一排排的，空白的小册子向她提问，必须诚恳回答，否则小册子就会自己烧起来。几乎有三分之一的孩子眼睁睁地看着自己的答卷冒烟、着火，即刻便失去了进入下一轮的比赛资格。

但此刻，奇迹社团好像有些不同。不只是因为现在是夜里。车行道两旁的树仍然是光秃秃、黑乎乎的——那是火花树的遗迹，这种树如今已经灭绝了。不过今晚，枝头上仿佛栖息着沉默的鸟儿，数百位奇迹社团的成员——年轻的、年长的、年老的——全都站在那里，俯瞰着新成员。和万圣节之夜进行黑暗游行时一样，他们都穿着正式的黑斗篷，手上捧着的蜡烛照亮了各自的脸孔。

这景象本来有些吓人，但不知道为什么，茉莉安并不觉得害怕。毕竟，她已经是社团的一员了。最艰难的时光已经过去了。

这些穿着黑斗篷的人站在树上，俯视着她，竟颇有几分令人心安的意味。他们并不是不友好，只是……一动不动罢了。

当919团成员不由自主地沿着斜坡朝着那红砖建成的傲立楼走去时，身披黑斗篷的社团成员打破寂静，哼起了颂歌。茉莉安听出来了，这就是前几天送到丢卡利翁大饭店的那首。歌词是用很小的字体很仔细地手写而成的，封在象牙色的信封里，还附有说明，要求她记住歌词，然后烧掉。

姐妹兄弟，一生忠诚，
同心同德，其利断金，
九人团队，超越血缘，
水火见证，联结永恒，
兄弟姐妹，诚挚真心，
凤毛麟角，守望无限。

这是一段誓言，是每个新成员都必须对他所在团队的另外八位姐妹兄弟做出的承诺。加入奇迹社团的过程，已经让茉莉安明白，她将获得的不仅是精英教育和充满机遇的世界，更是她无比渴望的东西：真正的家人。

颂歌一路将919团成员送上长长的车行道，社团成员也从树上跳下来，像仪仗队似的，簇拥在新成员后面，一遍遍地唱诵着奇迹社团誓言。

919团沿着车行道向前走，老成员们的欢迎势头也随之增加。右侧的树上爬下了一群乐手，奏起了胜利凯歌的旋律。分别站在道路两侧的两个少年施展法术，唤起一道彩虹，从底下走过时，就像穿过了一座朦胧缥缈的拱门。当他们终于来到傲立楼前时，台阶下的一头大象便像街头公告员似的大声叫唤，宣告着他们的到来。

宽阔的大理石台阶上，九位资助人站在那里——其中一位有着一头浅金色的头发——骄傲而欣喜地看着他们的候选人。

茉莉安迎着朱庇特跑上了台阶。朱庇特整张脸都亮了起来，活像明媚的太阳。他张了张嘴想要说话，却又立刻闭上了，一双蓝眼睛竟然微微地湿润了。这意想不到的情感表达让茉莉安很惊讶，也很感动。她伸手打了一下他的胳膊，表达自己的感激。

“可怜鬼！”她小声说道。朱庇特大笑着擦了擦眼睛。

站在朱庇特旁边的，是霍桑的资助人南希·道森。她看着自己的候选人，咧嘴一笑，脸颊上冒出了两个酒窝。“还好吗，捣蛋鬼？”

“还好啊，小南。”霍桑也咧开嘴笑了。

站在南希另一侧的是一位年长的资助人，她不以为然地皱着眉，示意他们安静点儿。

“哦，管好你自己的事儿吧，海斯特。”南希好脾气地对她说道，然后转过身来，冲着茉莉安和霍桑做了个鬼脸。

离这排资助人远远的，有个家伙茉莉安绝不愿意再见到——他就是巴兹·查尔顿。在此之前，巴兹整整一年都忙着给茉莉安找麻烦，想让她在选拔赛中失利，想把她赶出永泊镇，与此同时，还跟他的候选人一起作弊。

巴兹的候选人是卡当斯·布莱克本。她站在一旁，胳膊环抱在胸前，轻轻一歪脑袋，把长长的辫子甩到了一侧的肩膀前。在如此奇异的环境下，她竟然还能那么神态自若，甚至还有些许不耐烦。茉莉安觉得她挺了不起的，可也挺让人讨厌的。

朱庇特俯下身，在她耳边轻声说：“看看四周，小茉，这都是你努力奋斗所得啊，好好享受吧！”

在他们身后，奇迹社团的成员们走近了。他们不再吟唱颂歌，而是开心地彼此交谈着，冲着新来的成员微笑，享受着这欢庆的时刻。

突然，超凡脱尘的叫声划破了天空，所有人都抬起头来。只见两条龙双双盘旋在傲立楼上空，喷出火焰和烟雾，在空中拼出了九名新成员的名字：

阿占

安娜伊

卡当斯

弗朗西斯

霍桑

兰伯斯

马希尔

茉莉安

萨蒂亚

一年前的今天，茉莉安逃离了她那所谓的“被诅咒的童年”，躲到了神奇秘境永泊镇，经历了很多奇奇怪怪的事情。现在看见两条龙用烟火喷出自己的名字，已经没什么可让她讶异的了。不过，她必须承认，这是迄今为止最好的一幕奇景。听着919团其他成员兴奋的呼吸声，她便知道，惊讶的人不止自己。事实上，只有霍桑表现得淡定礼貌（毕竟他自打会走路的时候起就会骑龙了）。

当最后一个名字也变成缕缕烟雾，在天空中消失时，驭龙手们便驾着龙离开了傲立楼。身后的奇迹社团成员们欢呼着，鼓着掌，挥动着双手，将资助人和各自的候选人送入大楼，仿佛他们是真正的明星。霍桑热情地回应着他们，朝他们挥手，结果被南希一把拉了进去，惹得茉莉安大笑起来。这时，巨大的前门缓缓关闭，将所有的喧闹隔绝在外。

傲立楼宽敞明亮的门厅突然一片寂静，大厅深处响起了虚无般的声音：“欢迎你们，919 团！余生的第一天，就是今天。”

备受尊敬的三名奇迹社团高级长老院的成员就站在那里：格蕾戈利亚·奎恩长老看上去纤弱，但茉莉安知道，这位女士的外表完全是在哄人；希莱克斯·黄长老胡子灰白、满身刺青，是一位非常严肃的男士；而艾里奥斯·萨加长老是一头会说话的公牛。

与傲立楼外面的欢庆相比，真正的宣誓日典礼反而显得有些简短乏味。长老们说了些欢迎的话，资助人为各自的候选人披上黑斗篷，然后在上面别上那枚小小的金色 W 形别针。

919 团的成员们背诵了他们之前记下的誓词，发誓彼此忠诚一生。他们的声音洪亮有力，没有一个人说错词句。茉莉安知道，这是整个典礼中最重要的部分。

然后典礼就结束了。没别的了。

——就算是吧。

“诸位资助人，”临近典礼尾声时，奎恩长老说道，“如无异议，我希望你们再待几分钟。有件要事，我们必须加以讨论。学员们请到傲立楼外的台阶上等候你们的资助人。”

茉莉安思忖着，这是不是宣誓日典礼的常规流程，但资助人之间好奇的眼神说明，可能不是那么回事。跟着其他学员往外走的时候，她原本想跟朱庇特对对眼神，可朱庇特没看她，而是绷紧了下巴，神色严肃。

傲立楼外面的广场上冷清、寂静，一个人也没有，之前欢庆的痕迹一点儿都没留下，仿佛几分钟前的那场热烈欢迎只是一场幻觉。

这寂静也蔓延到了学员们当中。除了茉莉安和霍桑，其他人彼此都不认识。大家尴尬地互相打量着，安娜伊·卡洛难为情地咯咯笑了起来。安娜伊是个胖胖的女孩儿，留着金色的鬈发，茉莉安记得很清楚，在表演选拔赛中，她剖开了自己资助人的肚子，取出阑尾，然后又缝合起来……全部是蒙着眼睛完成的。

第一个站出来讲话的——毫无意外——是霍桑。

“你在表演选拔赛上的那一出……”霍桑看着阿占·泰特，很八卦地说，“你在观众席里走来走去，把大家的钱包都翻了一遍，可我们还以为你只是在拉小提琴呢！”

“呃……是啊。”阿占有一张甜美的脸，看上去就像天使一样无辜，谁也想不到他竟然是个老练的天才小窃贼。他有些不太确定地看着霍桑：“很抱歉。我偷了你的东西吗？之后我有没有还给你？我尽量把所有的东西都物归原主了。我那么做只是因为……呃，我的资助人觉得应该……”

“实在太精彩啦！”霍桑惊叹地睁大了眼睛，“精彩绝伦啊！我们全都看傻了！嘿，茉莉安，是不是？”

茉莉安咧开嘴笑了。她想起表演选拔赛上，霍桑的驭龙皮手套也被阿占偷走了，可他竟然一点儿也没有察觉，后来发现时别提有多惊讶了。阿占的心法确实令茉莉安印象深刻，不过霍桑是真的非常兴奋，艳羡不已。

“很精彩啊，”茱莉安说，“你是怎么学会的呢？”

阿占脸红了，一直红到了耳垂。他有点儿不好意思地对茱莉安笑了笑：“哦！呃，谢谢你。我想我只是……呃，只是把东西拿起来而已。”他谦虚地耸了耸肩。

“真有才华！”霍桑又说，“或许你可以教教我，嗯？阿占，怎么样？”

“叫我小占就好，”他握住了霍桑伸过来的手，“只有我奶奶才叫我——”

就在这时，砰的一声巨响，傲立楼的大门被撞开了，巴兹·查尔顿夸张地冲下大理石台阶，跟他的候选人招了招手。

“你……叫什么来着？布朗克韦。走走走，我们赶紧离开这儿。”

卡当斯·布莱克本吓了一跳：“什……什么？为什么？”

“我允许你提问了吗？”他语带讥讽、含含糊糊地说道，“我说了走，你跟着走就是了。”

可卡当斯一动不动。其他资助人也跟在巴兹后面，从大楼里走了出来。他们个个恐惧不已，又怒不可遏，全都瞪着茱莉安。

茱莉安觉得心中的恐惧就像涟漪，一圈圈地荡漾开来，仿佛自己的身体是个池塘，被人扔进了一块又大又沉的石头。她马上就明白长老们为什么要把资助人留下了，甚至连他们讨论了什么、讨论了谁都非常清楚。

之前让南希小点儿声的那个上了年纪的女人海斯特，径直朝着茉莉安走了过来。她脸色苍白，显得强硬、严厉，发白的赤褐色头发向后拢着，紧紧地贴着头皮。她直勾勾地盯着茉莉安，看了好几秒钟，似乎非常气愤，非常困惑。

“你是怎么知道的？”她咆哮着，将问题抛给身后的朱庇特，“谁告诉你的？”

“没人告诉我。”朱庇特也和其他人一起走出了傲立楼，但他一副悠然自得的模样，很随意地倚在了一根柱子上。他指了指茉莉安：“我能看出来啊，显而易见嘛。”

“你这个‘看’是什么意思？我可什么都看不出来。”海斯特用力地捏住茉莉安的下巴，把她的脸扭来扭去，斜着眼睛打量了一番。

朱庇特的神态立刻变了。他冲上前去，嘴里喊着：“喂！”但茉莉安不等他出手干涉，想都没想就把海斯特的手推开了。海斯特倒吸一口冷气，像被烫着了似的，往后退开了。茉莉安不知道自己是不是做得过分了，于是瞥了一眼朱庇特，却看见他冷着脸，满意地点了点头。

安娜伊的资助人是个年轻的女人，名叫苏玛蒂·米什拉。她疲惫地叹了口气说：“你明知道诺斯的心法是什么，海斯特。他是个见证者，能看透事物的本来面目。”

“他可以撒谎啊。”海斯特说。

对于这种指责，朱庇特自己倒是无所谓，可茉莉安听来却觉得如芒在背。

南希·道森也听不下去了。“别傻了，海斯特，”她说，“诺斯队长从不撒谎。如果他说茉莉安是个奇迹锻工……”

南希的话一出口，空气里的氧气就仿佛一下子全都抽光了。奇迹锻工。这几个字就像敲锣打鼓似的，回荡在红砖大楼的四周。

“……那她肯定就是个……奇迹锻工。”南希把话说完了。

奇迹锻工。奇迹锻工。奇迹锻工。

资助人全都愣住了。其他孩子猛地看向茉莉安，睁大了眼睛，活像被雷击中了一般。卡当斯的眼睛眯成了一条缝。这种凄凉的感觉，茉莉安很熟悉，仿佛站在海边，眼睁睁看着自己心爱的梦想渐渐漂远，却无法把它拉回来。

这些孩子本来会成为她的兄弟姐妹，忠诚一生。但现在，只是因为一个词，他们就如临大敌地瞪着她。

“我……我……”茉莉安的喉咙直发紧。她想说点儿什么，解释解释，或者安慰安慰大家，但事实是……她无话可说。关于自己的身份，她好几个星期之前就知道了。尚在人世的最邪恶的奇迹锻工——以斯拉·斯考尔，把真相告诉了她，仿佛朝她扔了颗炸弹。那之后的一团乱，朱庇特已经尽了最大的努力来收整，也解释了事情的来龙去脉，可茉莉安仍然不明白“奇迹锻工”意味着什么，仍然觉得恐惧。

朱庇特坚称“奇迹锻工”不是贬义词，说它并非一直代表邪恶。他告诉茉莉安，这个词代表的身份曾经受人敬仰，因为奇迹锻工用神秘的力量保护人民，甚至还能帮大家实现愿望。

然而，在永泊镇，茉莉安找不出第二个持相同看法的人。而且，亲自见到骇人的以斯拉·斯考尔之后，她也实在很难相信，“奇迹锻工”曾经是个好词。

斯考尔那些食尸鬼般的走狗烟与影的追猎者，是一支眼睛通红的猎犬和怒马组成的追猎大军，受命追赶茉莉安，意在把她赶到斯考尔那里。茉莉安亲眼看见他轻轻一晃手腕就能把铁栅栏掰弯，轻声细语便能唤起烈火，只消打个响指，就能毁掉她原来的家园，然后再将它重建。透过温和平凡的外表，茉莉安看到了他阴暗的真实面孔——黑色凹陷的眼睛，黑嘴巴，锋利外露的牙齿。

而最最恐怖的是，以斯拉·斯考尔，这个永泊镇的劲敌，竟然想让茉莉安成为他的学徒。斯考尔组建了一支怪物军队，试图征服统治永泊镇；他大肆屠杀勇敢反抗的人民；他被永久逐出了自由邦；他在茉莉安身上看见了些许自己的影子——朱庇特的安慰和担保，并不能抹灭这些事实。

茉莉安连自己都说服不了，又该如何消除成员们的恐惧呢？

丝毫不为所动的，仍然只有霍桑一个人。他已经知道茉莉安是奇迹锻工了。她宣布这一真相时，他在意的只是她会不会像以斯拉·斯考尔那样，被赶出永泊镇。他最好的朋友并不危险，并不可怕，对此，霍桑没有一秒钟的动摇。茉莉安真希望自己也能像霍桑这样有信心，哪怕一点点也好。在她那揪心抓肺的忧虑深处，其实也有小小的宽慰——这已经不是第一次了——这个怪怪的、淡定的男孩儿，决意成为她的朋友。

“如果朱庇特说她没有危险，那么她就没有危险。”南希大声说道，打破了沉甸甸的沉默。她冲着茉莉安微微一笑，颇有鼓励的意味。这让茉莉安也有了些勇气，只不过，她还没法儿笑出来。

奎恩长老和黄长老、萨加长老一起走出了傲立楼，静静地看着这一幕。

站在马希尔·易卜拉欣旁边的是他的资助人，她挺年轻，戴着厚厚的眼镜，头发上扎着蓝色蝴蝶结。她双手颤抖着搭在马希尔的肩膀上，把他拉近自己——虽然她看起来并没有什么特别的本事来保护马希尔，或是其他人。她清了清喉咙说：“请问，奎恩长老，这个小姑娘怎么可能是奇迹锻工呢？世界上已经没有奇迹锻工了呀，至少，除了唯一的已经被我们驱逐出境的以斯拉·斯考尔，就再也没有了。这是人人都知道的啊。”

“没错，马里安小姐。”奎恩长老说，“确实是曾经只有一个。不过看情况，现在有两个了。”

“这意味着什么？难道没人担心吗？”海斯特质问道，“诺斯，我们都知道奇迹锻工能干出什么好事来。以斯拉·斯考尔可给我们展示过了。”

朱庇特抿着嘴唇，捏了捏鼻梁。茉莉安看得出来，他这是极力耐着性子呢。“海斯特，斯考尔做的那些事，并非因为他是奇迹锻工。他只是刚好既是奇迹锻工又是个变态。很不幸的组合，但是……反正事情就是这样。”

“他怎么知道这就不危险呢？”巴兹·查尔顿冲着长老们大声疾呼，“我们都明白奇迹锻工的能耐：他们能操控奇迹能。看看这黑眼睛的小怪物吧——任谁都看得出来这是个坏蛋啊。她要是用奇迹能来控制我们，那该怎么办？”他看着茉莉安，毫不掩饰自己的恶意。茉莉安则紧紧地咬着牙齿：这种感受完全是相互的。

“或者还有更糟的，”海斯特说，“她要是把我们都杀了怎么办？”

“老天爷啊，”朱庇特狂乱地抓着自己金色的头发，恼怒地说，“她只是个小孩儿！”

海斯特冷哼一声道：“现在是，以后呢？”

“可是，她为什么非得加入社团不可呢？”马里安小姐颤抖着声音胆怯地问道。她的脸色比牛奶还要白，简直像幽灵似的，瘦瘦的手指使劲儿抠着马希尔的肩膀，仿佛担心茉莉安会用什么卑劣的、奇迹锻工式的把戏，把她的候选人掳走。马希尔也板着脸，两条眉毛都快拧成一条了。他和他的资助人差不多高，两个人站在一起的样子，就像一只小老鼠试图保护一头狼。“为什么要冒……冒险让她和孩子们待……待在一起？”

茉莉安觉得自己的脸颊滚烫：他们谈论起她，就像在谈论疾病。

这一切是如此似曾相识。

在她生命中的头十一年里，茉莉安一直相信自己是被诅咒的孩子。所有不好的事情，发生在家里的、镇上的，甚至整个国家里的，都应该归咎于她。一直到了去年，她才弄明白，其实根本不是那么回事。然而，被当作“被诅咒的小孩儿”的感觉，现在回忆起来还是那么鲜活，她实在不想再经历一次了。她有一种冲动，想沿着这长长的车行道跑下去，径直穿过那覆满鲜花的大门，可随即她就感觉到自己的肩膀上有了温热——是朱庇特的手，坚定而温暖。

“哦，你的意思是，让她离开这儿，是吗？”萨加长老意味深长地说道，他跺了跺牛蹄子，“让她自己乱跑？爱干什么干什么？”

“对，”海斯特坚持道，“而且我相信，在场的所有资助人和候选人都持相同意见。”

“那么他们就应该离开。”奎恩长老冷静而慎重地说道。她的话似乎令海斯特和其他资助人吃了一惊。奎恩长老点点头，继续说：“前提是，他们愿意。毕竟，眼下情况特殊。我了解此事的严重性，也理解诸位的关切。然而，两位长老和我已经详尽地讨论过这个问题了，我们不会将茉莉安从 919 团的名单中移除。这就是最后的结论。”

巴兹·查尔顿压低嗓门儿，咝咝出声，摇着头说：“难以置信。”

“那就只管相信。”奎恩长老严厉地回敬道。巴兹连忙把脸缩进了斗篷领子底下。

海斯特似乎以为奎恩长老在虚张声势。“恕我直言，”她咬牙切齿地说道，“我很怀疑，奇迹社团为了留下这个危险的家伙，宁肯失去八名才华横溢的新成员。看到这八个孩子走出大门时，你们想必会改变主意的。我们走吧，弗朗西斯。”她走下台阶，朝着树木环绕的车行道走去。

“海斯特姑姑，”弗朗西斯平静地恳求道，“我想留下来。求你了，我爸爸应该希望我……”

“我哥哥绝不会希望你冒着送命的危险留下！”海斯特疯了似的转过身来，冲着所有人嚷嚷道，“他绝不会让你跟奇迹锻工待在一起！”

奎恩长老清了清喉咙说：“诸位资助人，这不是你们可以替学员做的决定。孩子们，如果你们当中有谁想离开 919 团，想离开奇迹社团，只要自己提出来，交还别针即可。对此不会有评判，也不会有任何后果。我们愿意祝福你们万事顺利、一帆风顺。”

她站在那儿，伸出手来。四周一片沉寂，只有远处传来几声清晨的鸟鸣。空气仿佛凝固了，混杂着资助人和候选人呼出来的冰凉白雾，变得模糊了。但这白雾里不包括茉莉安的——她已经喘不过气来了。

安娜伊颤抖着摸向了自己的别针，咬住了嘴唇。弗朗西斯有些内疚地看着自己的姑姑。卡当斯则根本没往巴兹那边看，甚至连眼睛都没眨一下。

没有人交还别针。因为那么做简直就是发疯，当然了。毕竟，他们去年经历了层层选拔和考验才终于来到这里，怎么可能轻易放弃这小小的金别针和它所承载的一切呢？想都不要想。

“那就这样定了，”奎恩长老垂下手臂，“既然你们心意已决。不过，我再明确一点，诸位学员，以及资助人……”她目光锐利地看着愤恨不平的巴兹和海斯特。“关于茉莉安·克罗不同寻常的……”她顿了顿，似乎差一点儿就要说出“心法”二字了，“……情况，仍然属于高度机密，长老院认为目前尚不宜公之于众，请勿冒险向奇团以外的各界人士透露。传递这些信息，将引起大面积的恐慌。也就是说，除极少数必要的例外——比如助教、919 团列车长等——我们之中有一位奇迹锻工这件事，仅有在场的诸位知情。我们的教师团队会收到指令，不会提及关于茉莉安·克罗心法的问题，助教则会以适当的方式来处理任何刨根问底的学员。”

她转过身，面向九个孩子。孩子们有些畏畏缩缩的，他们的胜利之夜被这可怕的消息毁了。

奎恩长老的声音坚定如钢：“你们现在是一个集体。你们要对彼此负责，要互相提醒。因此有谁——任何人——做了有损信任的事……”她停住了，神色庄重地挨个儿看向每个孩子，目光最后落在了茉莉安身上，“……那么你们九个人将共同面临除名的后果。终生不得回归奇团。”

3

不是文身，不是门

第二天早上，茉莉安醒来时，还以为昨晚午夜的那趟奇迹社团之旅只是个奇异的、美妙的、可怕的梦——要不是身上冒出个金色的文身，她还真会相信呢。

“那不是文身。”朱庇特坚决否认。他倒了两杯果汁，茉莉安则正往一盘烤松饼上胡乱地涂蜂蜜、撒芝麻（因为离火太近，所以松饼有点儿烤焦了，不过还是可以吃的）。在经历了前一夜的种种之后，他俩都起晚了，来不及到餐厅去吃早餐，于是朱庇特就让人把吃的送到他的书房里来了。他们坐在书桌两旁，桌上摆满了各种各样的食物，从规规矩矩的早餐（烟熏鳟鱼和炒蛋）到毫无节制的美食（番茄汤和洋蓟菜心——这是朱庇特强烈要求的）全都有。“难道你以为我会允许他们给你文个图案？”

茉莉安咬了一大口烤松饼，没有回答。不过说真的，她永远也搞不清楚朱庇特允许什么、不允许什么。

她这种意有所指的沉默没有逃过他的眼睛。他好像很震惊似的：“小茉，别傻了！文身很疼的。你觉得疼吗？”

茉莉安一边咽下嘴里的东西一边摇摇头。“不疼。”她说着，舔了舔右手食指上的蜂蜜，好再仔细看看指头上新添的图案：金色的字母W。它和奇团的金别针一样，只不过要小很多，微微凸起于皮肤表面，被光一照就淡淡地闪着。“一点儿也不疼。只是有点儿……好像它……就在那儿。”

她不知道该怎样形容这个印记。她一觉醒来，它就神秘地出现了。不疼，不刺，不痒，也没有其他什么可以精确言表的感觉。它似乎不是由于外力造成的——不是疤痕，也不是伤口，而更像是由内而外从皮肤里面挤压出来的。在亲眼看见它之前，在完全醒过来之前，茉莉安就已经感知到了它的存在。“这很奇怪啊，不是吗？”

朱庇特带着一丝惊讶检视着自己的食指。他告诉茉莉安，他的印记也是如此，在奇团宣誓日典礼的转天早上冒了出来——但那是很多很多很多年前的事了。他似乎很久没有仔细研究过这件事了。“可能有点儿怪吧，但很有用啊。”

“有什么用？”

“各种用处。”他耸耸肩，注意力又回到了早餐上，精心地挑选着下一样美食。

“比如说？”

“准许你进入什么地方啊，让其他成员认出你的身份啊，诸如此类。”

“可是这些有别针就能办到啊。”

"不不，"他最终挑了一片烤得半焦的面包，然后伸手去拿果酱，"那可不一样。"

茉莉安眯起眼睛："有什么不一样的？"

他又开始"朱庇特式的烦人"了——一点一点地透露信息，简直像施加一种特殊的酷刑。这可能是因为，他并不想把真话告诉她，也可能是因为，在他脑海里浮现出的十几条思绪中，他们的对话是最不重要的那一条。想和朱庇特争个高下短长，实在是太难了。

"别针是给非奇团的人看的。"

"非奇团？"

"嗯……"他嚼着面包，咽了下去，掸了掸胸前的面包屑，"就是其他人啊，你懂吧，不是奇团成员的那些。奇团以外的人通过别针来分辨我们的身份。但这印记就不一样了。"他竖起手指晃了晃，上面的W形印记映着壁炉里的火焰，亮闪闪的。"这印记是给社团内部的人看的。"

茉莉安想到一件事，突然生气起来了："你以前怎么没给我看过？"

"别闹了，小茉，除非你自己也有了印记，否则看不见任何人的。我刚才说了，这是给自己人看的。我们就是凭借这个来辨认彼此的。就像是某种……家族标记吧。你很快就会发现，到处都能看见它。"

家族标记。这几个字轻轻地牵动了茉莉安的心。她珍视她的 W 形金别针，把它看得比其他任何东西都重要（或许，她的伞除外），但别针总归是……是件东西。东西很容易毁坏，或是丢失。而印记就不同了：那是她的一部分。它证明着，她属于一个重要的、超越了独自一人的——家。

姐妹兄弟，一生忠诚。

可是，这真是她拥有的东西吗？那个词——奇迹锻工——被念出来之后，幻想美景成了无数碎片，那时她就这么想了。

“喂。”朱庇特用餐刀敲了敲黄油碟叫她。她抬头看看他。“小茉，你和其他社团成员一样，该有的权利都有。”他仿佛又看透了她的想法。朱庇特往前凑了凑，压低声音，耳语道：“其实，比别人还多呢。可别忘了，是谁在表演选拔赛的排行榜上名列第一。”他顿了顿，又说：“是你。我看你是不是真的忘了啊。”

茉莉安没忘。可是，在排行榜上名列第几，有什么意义呢？去年一整年有什么意义？如果她的团队根本不信任她，甚至怕她，这些又有什么用？

“给点儿时间嘛。”朱庇特再一次看穿了她的念头。见证者的这个优势也太不公平了，他看待世界的方式是她永远难以捉摸的。在他面前，她隐藏起来的感受和秘密，全都像脸上的怒容一样，一览无余。这有时候令人感到安慰，有时候又很让人恼火。“他们会回心转意的。他们只是需要了解你，仅此而已。他们会看到我所认识的那个可爱的茉莉安·克罗的。”

茉莉安正想问问那个“可爱的茉莉安·克罗”到底是谁，

愿不愿意跟她交换位置，这时，有人敲门。精力充沛的凯吉瑞·伯恩斯把头发花白的脑袋探了进来：“回信到了，先生，是卡希——”

“谢谢你，瑞瑞。”朱庇特打断了他，跳起来接过了便条。门房朝茉莉安挤挤眼睛，一磕脚跟，关上门走了。

便条是用银蜡封起来的。朱庇特走到房间的另一边，倚着壁炉架，弓着背，借着火光读了一遍。几分钟静静地过去了，茉莉安一直盯着壁炉。

他说得对，茉莉安想道。她现在已经是奇迹社团合法合规的成员了。她在选拔赛中拼得很努力，和919团的其他人一样。

只不过，最后一项选拔赛不是，她脑海里有个声音说道。的确如此。在第四轮选拔赛，也是终极一战表演选拔赛中，每个候选人都要展示他们的独特“心法”。可茉莉安什么也没做，只是迷茫地站在巨人竞技场中央，等着朱庇特将他洞悉已久的秘密——谁也不知道，包括茉莉安本人——挨个儿告诉长老们。这个秘密就是：茉莉安是奇迹锻工。他们称为“奇迹能”的神奇能量，以茉莉安无法理解的方式推动着世界运转，而这种能量正持续地向茉莉安聚集，就像飞蛾扑向火焰那样，耐心地等待着她接手、控制（目前她仍然摸也摸不着）。

长老们立刻就给了茉莉安加入奇迹社团的名额，这惹怒了其他候选人和他们的资助人。在表演选拔赛上，那些候选人个个施展绝技，没有哪个傻愣愣地站在竞技场上，沉默地看着长老们干瞪眼。

茉莉安清了清喉咙，坐直了。“那么，”至少她的声音还挺坚定的，“什么时候开始呢？”

“嗯？”

“奇团。什么时候再去呢？我的课程什么时候开始？”

“哦，”朱庇特仍然盯着手里的便条皱眉，“不太确定。应该很快吧，我想。”

茉莉安的兴奋大打折扣。他是真的不知道吗？这是奇迹社团式的神秘感，还是朱庇特式的含糊其词？她突然有些担心起来。

“星期一？”她问。

“嗯，或许吧。”

“你能……明说吗？”茉莉安极力地保持着耐心。

“嗯？”

她叹了口气：“我是说，你能不能——”

“我必须得走了，小茉。”朱庇特突然说道。他从壁炉前转过身，把便条往口袋里一塞，然后捞起搭在扶手椅上的外套。“抱歉。有个重要的差事。你自己吃早餐吧。晚些时候再见。”

朱庇特一阵风似的关上门走了。茉莉安气得抓起一片面包扔了过去。

一夜之间冒出来的，不止手上的印记。

“连门把手也没有啊。”玛莎说道。当天下午，她在茉莉安的床脚边，瞪着对面墙壁上冒出来的那扇崭新的、黑亮的、华丽的木头门纳闷儿。

“好像是，没有。”茉莉安说。

她的卧室有些变化倒也寻常：变大、缩小，隔夜添些新家具，第二天又撤掉。这卧室本来就随心所欲，喜怒无常。不过，它以前可从来不曾另开出一扇门。

本来，屋里有两扇门，也没什么好介意的，但有两件事让茉莉安有些担心。一是，这扇门刚好开在壁炉旁边，破坏了房间的对称性（虽然只是细节问题，但让她觉得很别扭）。二是，这扇门是打不开的，因此也就毫无用处。茉莉安是个很实际的人，从没想过要在卧室里装一扇装饰用的门。而且……这间卧室也不太可能硬要变成茉莉安不喜欢的样子。

她皱着眉头：卧室是不是生她的气了？还是哪里不舒服了？比如说建筑学上的感冒？也许这扇门冒出来就代表卧室在打喷嚏、流鼻涕？

“反正，”玛莎耸耸肩说，“比这更奇怪的事也发生过，对吧？”她瞥了一眼屋角的八爪鱼形扶手椅，触腕还坏坏地挥了一下手。玛莎哆嗦着说：“我真希望你能把那东西处理掉啊，简直像一场噩梦。”

直到茉莉安上床睡觉时，朱庇特也没回来。星期日早上，探险家联盟发来了一张便条，通知丢卡利翁大饭店的员工们，称朱庇特“在一项跨领域任务中不可避免地耽搁住了”——典型的毫无有用细节的便条。不过，茉莉安强烈怀疑，这和那位失踪的天使有关。她有些失望，却也不惊讶。资助人是个受人敬仰的名人，不利之处就是，她不得不和探险家联盟、奇迹社团、永泊镇饭店业主联合会、永泊镇交通管理局，以及其他各种组织或个人分享他的时间与关注。

至少，除了那张探险家联盟发来的便条之外，朱庇特还另给茉莉安写了一张。

小茉：

你第一天上学我赶不回去了，真是抱歉。

忘了告诉你重要的事：任何情况下，你都绝不能独自到奇团以外的地方去。说真的，很严肃。我相信你。祝你好运。你是最棒的。

记着，你属于那里。

朱庇特 · 诺斯

那天下午，茉莉安一直觉得心烦意乱，坐立不安，她很想知道到底什么时候开始上课，以及到底要去哪儿上课。她可不想错过第一天，惹得919团里的其他人更讨厌自己。她甚至请求凯吉瑞派人到霍桑家去问，可霍桑的回复也很简单干脆：“不知道哇。”茉莉安翻了个白眼，觉得霍桑是不是都没想过要问问南希。对此她颇为怀疑。

所以，茉莉安只能向她所能想到唯一能帮忙的人寻求建议了。

“亲爱的——啊啦啦，啦！——你真的这么烦恼啊？”钱达·卡莉夫人正在为当天晚上在音乐沙龙举办的一场私人音乐会做准备，时不时地就要来几声开嗓，还要选一选登台用的最佳服装。在她那间舞厅大小的衣橱里，她一边试一边丢，宝石色的丝绸、缎子，缀满亮片的礼服全都散落在地板上——这位知名女高音一心多用的后果颇有些可悲。“我就不会为这些事儿担心，茉莉安小姐，真的不会呀。你明知道奇迹社团是什么样的嘛。”她举起手指，朝着茉莉安意味深长地晃了晃，指尖上的 W 形印记映着灯光闪闪发亮。除了朱庇特，钱达夫人是丢卡利翁大饭店里仅有的一位奇团成员。就连杰克——他像朱庇特一样，拥有见证者的心法——也从来没打算申请加入，而是上了一所很高级的寄宿学校，名叫“格雷斯马克青年天才学校”。他在学校的管弦乐队里拉大提琴，每天系着领结、戴着礼帽去上课，很少回家，哪怕是周末。

“我不知道啊。”茉莉安丝毫不掩饰自己的沮丧。她根本不知道奇迹社团是什么样的。和永泊镇的其他人不一样，她是在自由邦之外的地方长大的。一年之前，她甚至都没听说过这个声名卓著、尽人皆知的奇迹社团。

“哦，当然了——哆来咪发嗦啦西……”钱达夫人一边唱，一边左扭右转，检视着金框镜子里的自己。她动人的声音在高高的天花板间回荡，听得茉莉安不由得打了个哆嗦，胳膊上的鸡皮疙瘩都冒出来了。

一只小老鼠从地板上的缝隙里探出头来，十分陶醉地听着，活像害了相思病，钱达夫人把它哄走了。“奇迹社团嘛，吹毛求疵、咄咄逼人，完全不顾任何人的时间和隐私。”她转过身，别有深意地看着茉莉安，“简而言之，我的小天使，他们需要你的时候，你自然就知道了。他们会直截了当地找你的。咪——咪——咪——咪——咪！”

“找你？”

钱达夫人迷惑地愣了一下，然后就大笑起来：“不，茉莉安小姐，找你。他们需要你了，就会来接你的。别怕，小姑娘。不等你闹明白，你就已经深陷奇团歪七扭八的迷宫了，之后就会很渴望出去。相信我——我就只在必要的、强制的、特殊的情况下才会露面。”

“为什么？”

“哦，你懂的，”她轻描淡写地说道，又抱起一堆挂着的礼服，随随便便地扔到了长沙发上，“如果我频繁地出现在那神圣的大厅里，人们就会以为可以把我套进他们那荒谬的行为里了。好像我特别闲、特别有空似的。”茉莉安知道，至少有七件事需要钱达夫人花时间：每个星期日晚上，她会在丢卡利翁大饭店的音乐沙龙里举办音乐会，座无虚席；其他六天的晚上呢，就由她那六位英俊潇洒、魅力逼人的追求者平分。星期五先生——朱庇特悄悄取的绰号——参加了茉莉安的生日宴会，还送给她一大束粉色和紫色的玫瑰（毫无疑问，这是为了打动女高音歌唱家，但茉莉安还是很喜欢）。“而且，还有可能碰上穆加特罗伊德，我实在受不了。”

“穆加特罗伊德。迪尔伯恩和穆加特罗伊德。助教。”钱达夫人颤了颤，“可怕里顶顶可怕的两个家伙。唔，也许这么说不太公平……可怜的迪尔伯恩倒没那么糟。至于穆加特罗伊德，你能躲就躲吧。”她瞥了一眼身后的镜子，向映在里面的茉莉安投去同情的目光。“不过，我得告诉你，亲爱的，很遗憾，你躲不开。”

钱达夫人说得没错。当他们需要茉莉安时，她自然会知道。

星期一一早——比她喜欢的起床时间要早很多很多——她被三声敲门声惊醒了。

不是卧室的门。

是新冒出来的那扇门。不算真正的门。神秘的门。

不会打开的门。

4
家庭专列

茉莉安坐在床上，盯着那扇门。寂静之中，她的心怦怦直跳。一两分钟之后，她差点儿就要相信那只是自己想象出来的声音了，这时——

砰，砰，砰。

茉莉安屏住了呼吸。她不想理会这敲门声。她只想钻进毯子里，用枕头蒙住脑袋，等那个人——或是那个东西——离开。

可是，奇迹社团的成员才不会那么干呢，她很肯定地告诉自己。

她下定决心，掀开毯子，使劲儿跺着脚往那扇门走去，希望门那边的人（或者东西）能听见她的脚步声，把她当作大块头的可怕家伙。她喘着粗气，凑近了，原本想把耳朵贴上去听一听……却愣住了。靠近之后，她发现了之前没注意到的东西——一个小小的金色圆圈，就在黑色木头门的正中央。刚好和手指尖差不多大。

圆圈开始发亮——是金属自身的那种辐射性的金色亮光。

一开始很柔和，后来就越来越亮……光束向圆圈中央汇聚……汇成了一个小小的 W。

她把自己右手食指上的 W 形印记按向了闪光的圆圈。啊，茉莉安想道，它摸起来热乎乎的。

门打开了，快速、轻巧，吓得她倒吸一口冷气，往后一跳，以为会有什么人冲出来。

然而，没有人。

她眨眨眼睛，走了进去。那是个亮堂堂的小屋子，有点儿像走廊、杂物间，或是衣帽间。装着镶板的深色墙壁上全是一排排挂衣服用的隔断和带有玻璃门的展示柜，不过里面都是空的。

它以前就在这儿吗？茉莉安想。它是丢卡利翁大饭店的一部分吗？还是会把她引向别的什么地方？

在刚才那扇门对面，是另一扇门。两扇门一模一样。茉莉安跑过去，用食指按向金色的圆圈，可什么都没发生。她这才有些失望地发觉，这个圆圈是冰凉的，而且也不亮。

“现在要做什么呢？”她轻声嘀咕着，在空荡荡的小屋子里转来转去。

她看见答案了。这屋子并不完全是空的。在第一扇门背后，挂着一套衣服：靴子、袜子、长裤、腰带、衬衫、套头衫、外套。全是黑色的，只有衬衫是灰色的。这身衣服很漂亮，是全新的，刚刚熨烫过，而且……正是茉莉安的尺寸。

“啊哈！”

不到一分钟的工夫，茉莉安就穿戴好了：衬衫扣好了，靴子系好了，睡衣扔在了地板上——第二扇门上的圆圈立刻亮了。茉莉安笑开了花，伸出手指按了一下。

门开了，映入眼帘的是奇迹枢纽的一座小小站台。站台很干净——尽管有些遗留的烟雾和荒凉清冷的气息，而且很朴素，只有天花板上挂着一只亮闪闪的铜钟，站台尽头还有一张木头长凳。茉莉安跨过门槛时，觉得自己的两只耳朵嗡的一声：气氛变了，空气中带有浓重的寒气，还有一种类似机油的淡淡的气味。

于是，她知道了：她已经不在丢卡利翁大饭店了。不管丢卡利翁大饭店如何变化多端，不管它能变出多少张八爪鱼扶手椅、摇摆的吊床和带有爪形支脚的浴缸，它都不可能跑到地面以下去，也不可能变出个空荡荡的车站——在茉莉安位于四楼的卧室旁边。

唔……几乎是……空荡荡的。

一个扎着粗粗的辫子的女孩儿独自坐着，拱着肩膀，两条腿搭在月台边上。茉莉安身后的门关上了，发出响亮的咔嗒一声。女孩儿转过头来了。

“你好。”茉莉安干巴巴地说道。

“看来是时候了。”卡当斯·布莱克本气哼哼地说。不过茉莉安可以肯定，就在一秒钟前，卡当斯看见自己的那一刻，她的表情就从担心变成了放心。也许这是因为她知道自己不是孤单一人了，毕竟，919 团的另一位成员出现了。

“你来这儿多久了，卡当斯？”

卡当斯发觉茉莉安记得自己，觉得很惊讶。这其实已经不是第一次了。表演选拔赛之后，卡当斯告诉过茉莉安，没有人会记得她——包括在赛场上，也只有茉莉安除外——这就是身为催眠师的遗憾。

不过，茉莉安总能不费吹灰之力地记住卡当斯。事实上，想忘记她也不容易。在追逐选拔赛中，她夺走了本该属于茉莉安的秘密晚宴入场券；在万圣节之夜，她把茉莉安推进了池塘；还在茉莉安即将被赶出永泊镇那千钧一发的时刻出手相助，令人惊讶又迷惑——反正，这一切都实在叫人印象深刻。保险起见地说，茉莉安对卡当斯的看法是相当复杂的。

“有一会儿了，”卡当斯说，“后面那扇门锁上了。”

茉莉安转过身，看见自己那扇门上的金色圆圈也不亮了。这意味着没路可退了吗？这让她有些不安。她试着用手指按了按。

没有反应。圆圈冰凉凉的，也不亮。

“那个是我的。”卡当斯说着，指了指一扇深绿色的门。它与黑色那扇相隔三个位置。除了茉莉安自己的，这里还有另外八扇门，风格不一，颜色不同，应该分别通向不同成员的家。“它一夜之间就出现在我家客厅了。我妈可不高兴了。要不是我拦着，她都要报警了。”

“我的是在卧室里。”

卡当斯毫无兴趣地咕哝了一声。寂静在两人之间蔓延开来。

这座站台很小，显然不够奇迹枢纽的常规列车停靠。不过，站台上方的牌子上写着：919 车站。

“这是……等等，不对，这是我们自己的车站？”茉莉安不可思议地张大了嘴巴，“专属于我们的奇迹枢纽车站？”

“看起来是的。”卡当斯粗声粗气的语调里有一丝掩饰不住的惊讶。朱庇特曾经开玩笑地说过，奇迹社团成员在奇迹枢纽享有预留席位，可他们竟然有自己的车站——不管有多小——这也太酷了吧。卡当斯站起来，掸了掸裤子，用审视的目光打量着茉莉安：“所以……那是真的，是吗？你真的是奇迹锻工？”

茉莉安点了点头。

卡当斯好像不太相信似的：“你怎么知道？”

“就是知道呗。”她不想把实情告诉卡当斯。其实，是以斯拉・斯考尔亲自告诉她的，她和永泊镇最遭人恨的家伙真正地对话过。“朱庇特能看出来啊。”

卡当斯扬起眉毛。茉莉安警惕地看着她。卡当斯总是一副防备、易怒的样子，好像随时都能说出些伤人的话。不过，卡当斯是很难捉摸的，而且“防备、易怒”很可能只是她默认的日常表情。茉莉安有点儿同情她。

“这么说，咱俩都是危险的家伙了。还在同一个团队里。其他人可真够勇敢的。”卡当斯大笑起来，不过笑声里有几分苦涩，“他们有没有让你签担保协议？”

“有。”茉莉安说。她加入奇迹社团的严苛条件之一就是担保协议。这需要九位正直的、有影响力的永泊镇公民为茉莉安的信誉和——好吧，她也不太清楚还有些什么——来作担保。在茉莉安无法理解的奇迹社团传统中，这算是一条。不过更重要的是，要是朱庇特没能在宣誓日典礼之前说服天使伊斯拉斐尔签署担保协议，那么她如今就不可能是919团的一员。

“我也是，”卡当斯说，“需要三个人签。你呢？”

“九个。”

卡当斯低低地、长长地吹了声口哨。

两个人都沉默了。过了一会儿，寂静突然被打破了——另外三扇门同时打开了。安娜伊·卡洛、弗朗西斯·菲茨威廉和马希尔·易卜拉欣出现了，他们摆弄着不太熟悉的制服，显得茫然又好奇。不一会儿，萨蒂亚、阿占、兰伯斯也都到了，还有——

“这靴子多好啊！”霍桑夸张地跺着脚，朝着茉莉安咧嘴笑了。他双手叉腰，挺着胸膛说：“这衣服多酷啊！我算知道你为什么喜欢穿黑色衣服了。因为像超级英雄啊！你是不是也觉得自己像超级英雄？”

“没觉得。”茉莉安老实地说。

“他们应该提供斗篷啊！你说是不是？我们去问问吧，看他们能不能给我们几件斗篷。”

“别问了吧。”

“这是奇迹枢纽的站台吗？看着挺像的。”他的注意力到处乱窜，简直就像一只发现了松鼠的狗。“有点儿脏，是吧？不过我可不介意。我妈说脏点儿好，对免疫系统有好处。咱们这是在哪儿啊？ 919 车站！我可从来没听说过。哦！哦哦哦哦！怎么可能！茉莉安！这是不是——”

“是的，”茉莉安打断他说，“是我们自己的……”

“我们自己的车站？”

“是的！”

“不——可——能！”

茉莉安笑了。她发现霍桑对周围世界的无限热情比以往更令她开心，因为他的举动分散了其他成员的注意力，让他们不再沉默地、不信任地盯着她看了。安娜伊紧紧地贴着墙边站着——在这狭小的空间里，她只能竭尽所能，离茉莉安越远越好。其实，她们第一次见面时，茉莉安就一直在维护安娜伊，帮她还击种种欺凌，所以她眼下的这种表现，可真有点儿无礼了。尽管如此，茉莉安还是保持着平淡的神情，免得安娜伊以为她要施展什么妖术。

霍桑跳起来，伸手去摸挂在上方的牌子。牌子前后摇摆着，发出吱吱嘎嘎的声音。“你估计火车什么时候会……”

“现在。”站台一角，有人淡淡地说道。大家全都扭过头去看。兰伯斯坐在地上，盘着腿，后背挺得直直的，凝视着黑洞洞的隧道口。她是个小个子，神情总是很严肃，黄褐色的皮肤把黑色的长发衬得像缎子一般。

其他人面面相觑，等着她详细解释。

茉莉安清了清喉咙："那个，你说什……"

兰伯斯回过头，看了看其他成员，伸出了一根手指，好像要他们拭目以待。几秒钟后，他们脚下的地面开始震动，隧道里传来了汽笛声，霍桑要的答案，就这样突突突地迎面而来了。

"太吓人了。"霍桑说。

"你是说'诡异'吧。"萨蒂亚瞥了一眼兰伯斯。只见她虽是坐在站台的地板上，却像女王坐在宝座上一样庄严高贵、泰然自若。

确切地说，那并不是真正的列车，而仅仅是一节车厢。这么看着确实有点儿奇怪，好像只有脑袋没有身子似的。车厢上有些凹陷的地方，看样子被砸过，不过很干净，像半克莱的硬币那样亮闪闪的。它欢快地喷出一缕缕白色的蒸汽，慢悠悠地停住了。车厢一侧有个大大的黑色的字母 W，底下的数字 919 似乎是新漆上去的。

汽笛声又响了，车厢的门打开了，一个年轻女人手上拿着一叠纸，走到了站台上。她个子很高，腿很长，却又不像大多数大高个儿那样，害怕吓到别人而拱肩缩背。她站在那儿，就像个芭蕾舞者，茉莉安想道，双肩舒展，两只脚有点儿外八字。

"兰伯斯·阿玛拉，短期预言者。"年轻女人看着手里的纸页，念道，"卡当斯·布莱克本，催眠师。茉莉安·克罗，奇迹锻工。弗朗西斯·菲茨威廉，奇味者。马希尔·易卜拉欣，通语者。安娜伊·卡洛，疗愈者。萨蒂亚·麦克劳德，格斗者。霍桑·斯威夫特，驭龙者。阿占·泰特，梁上君。”她开心地看了看九张望着她的小脸，念到“奇迹锻工”时既没打哆嗦也没做鬼脸，甚至连眼睛都没眨一眨。茉莉安马上就喜欢她了。“真是各有高招啊，都到齐了吗？”

919 团成员看了看彼此，含含糊糊地点了点头。

“那就都上车吧。”她笑着对大家招招手，消失在车厢门后面。霍桑兴冲冲地跟了上去，茉莉安和其他人便排成一队，也上了车。

“哇哦！”霍桑一跨进去就惊叹起来。

“酷呀！”马希尔惊呼道。

“绝妙！”萨蒂亚说。

妙极了，茉莉安心想。

这节旧旧的奇迹枢纽车厢，就像是被人清空了内部，然后又布置成了一间长长的、舒适的客厅。大而隆起的靠垫，柔软的扶手椅，各式各样的咖啡桌、台灯和旧沙发整整齐齐地摆在四周。角落里有个小小的燃木炉子，一只铜壶，装满木柴的板条箱，以及一大堆五颜六色的钩线毯子。车厢的最前面放着一张漆成红色的木桌，上面贴满了贴纸。车厢四壁贴着海报，上面都是些激励人心的标语，比如“做最好的你”“团队中没有小我”等等，还挂着一张软木板，上面钉着各种颜色的便条和图卡。车厢里空间不大，但是很舒服，乱乱的，但是很干净。真是美妙极了。

“是我自己装饰的。你们觉得如何啊？”那个年轻的女人屏住呼吸，看着大家，颇有些把精心挑选的礼物送给心爱之人的意味。她几乎是真的踮着脚尖跳来跳去呢。“你们真该看看它以前是什么样，简直就像是备用的。上一个使用这节车厢的团队可真叫人同情啊。九张无聊的桌子，九把硬邦邦的椅子。没有沙发！没有豆袋靠垫！也没有火——冬天这儿真挺冷的，相信我——连饼干罐都没有！你们能相信吗？”她指了指放在红色木桌上的一只北极熊形状的大陶罐。“我跟你们保证，那个罐子里永远都有满满的饼干。可不是那种碎屑儿——我跟你们说的可是讲究的巧克力饼干、粉红冰霜饼干、奶油冰激凌双层饼干。关于我，你们都该明白一件事，那就是我对饼干的要求非常之高。”

她拿过那只大陶罐，递给大家，笑眯眯地看着孩子们静悄悄地啃饼干，而且很为自己能满足这种基本需求而激动。

“坐吧坐吧。”孩子们照办了，在大杂烩般的各式家具中落座了。茉莉安选了大大的地垫，霍桑就在她旁边。那个女人自己选了天鹅绒扶手椅，舒舒服服地坐下了。超大号的粉色套头衫、绿色格子紧身裤，再加上黄色运动鞋，让她看上去就像一盒融化了的蜡笔，和穿着一身黑色的 919 团成员相比，实在突兀——后者简直都可以去参加葬礼了。她把一头大波浪黑发拢到脑后，用一条金黄色的头巾扎紧。

“我是欢悦小姐，玛丽娜 · 欢悦，你们的列车长。”茉莉安看了看其他人，思忖着自己是不是应该知道“列车长”的意思。

霍桑跟她目光相接，然后耸了耸肩。“欢悦小姐，听起来是有点儿傻，不过我保证会尽最大努力不辜负这个名字。本来呢，你们应该叫我‘列车长欢悦’，但说真的，那听起来更傻。所以，你们还是叫我‘欢悦小姐’吧，怎么样？”

919团的成员们点了点头——因为他们的嘴巴里塞满了饼干。

欢悦小姐以一种自豪、热切的神情望着大家，仿佛他们是全世界最最重要的九个人。她的眼睛明亮而友善，皮肤是温暖的深色，脸上的笑容是茉莉安所见过的最美好的。

“欢迎来到家庭专列。”她挥了挥双臂，“在未来五年的初级学员阶段，这个舒服的小车厢就是你们的交通工具，你们的避风港，你们的大本营。每个上课的日子，我们都会从这里开始，也在这里结束。从星期一到星期五，每天早晨，我都会到919车站来接你们，放学之后再把你们送回来。小菜一碟。我们管这车厢叫作‘家庭专列’，因为它就是干这个的，对吧，送你们回家。不过，我也希望你们能把这里当作自己的家。”她严肃地看着大家，“你们的第二个家。一个能感受到安全和快乐的地方。在这里，每个人都会支持你，不会笑话你问的傻问题，更不会评判你。所以，好好记住这些话吧。还有问题吗？”

弗朗西斯举起手问：“你的心法是什么啊？”

“很高兴你问到这个，弗朗西斯。”她笑着说，“我是个钢丝行者，毕业于凡尘学院。我很为自己的学院骄傲。”

猜对了，茉莉安想道，不是舞者，但也很接近了。难怪她的姿态这么美。

“凡尘学院是个什么学校啊？”马希尔问。

“啊！真是个很棒的问题。”欢悦小姐从椅子上跳起来，走到车厢另一边挂着黑白大海报的地方。海报上画着三个同心圆，像靶子似的——最外层的圆是灰色的，中间的是白色的，最里面的是黑色的。“奇迹社团由两个流派的专业学院构成：凡尘和奥术。”欢悦小姐指着最外层那个灰色的圆说，“最外层的这个圆就代表凡尘学院——鄙人就属于这一学院。这是奇迹社团最大的一部分，从事面向公众的艺术、表演，以及服务。医学、体育、表演、创意、工程和政治相关的心法都属于凡尘学院。它是人员管理和财政支持方面的第一道防线，使奇迹社团的重要工作得以持续进行。”

茉莉安一边听一边皱起眉头。奇迹社团的“重要工作”究竟是什么？从来没有人告诉她啊……而且，有点儿尴尬的是，她也从来没想过要问问。

欢悦小姐继续解释，仿佛是为了考试，把这些全都背下来了似的。“大多数情况下，凡尘学院的成员吸引公众，赚得金钱。想想你们最喜欢的音乐家、最喜欢的运动员，你们看过的最棒的马戏表演，在新闻里听到过的最睿智的政治家，以及这座城镇里最杰出的建筑师和工程师——他们都可能是奇迹社团的成员，也就是说，他们都可能毕业于凡尘学院。我们做着神奇绝妙的工作，让大众的观点坚定地站在奇迹社团这边。”她咧开嘴笑了，

“我们在奇团内部的口号是：没有我们，何以生活？大千世界，难以运行。”

她指着中间一层的白色圆说：“这个代表奥术学院，在人数上只有凡尘学院的三分之一，不过重要性是一样的——也有些人说，他们的作用翻倍地厉害。奥术学院从事面向个人的艺术、表演和服务，包括魔法、超自然及其他深奥学科相关的心法，比如巫师、预言家、灵媒、魔法师等。他们是保护奇迹社团、永泊镇、自由邦免受危险伤害的第一道防线。他们的口号是：没有我们，何以生存？在座诸君，无非僵尸。”

“那黑色的那个圆代表什么？”卡当斯指着同心圆的最中央问道。

“哦……”欢悦小姐看着海报，耸了耸肩，好像从来没想过这个问题似的，“代表奇迹社团是一个整体。”

“我们什么时候才能知道自己属于哪个学院呢？”萨蒂亚在她的豆袋靠垫上尽可能地坐直了问道。她把关节揉得咔咔作响，似乎迫不及待地想要“保护奇迹社团、永泊镇、自由邦免受危险伤害”了。

“解开你们的外套，”欢悦小姐说，“把衬衫袖子拉出来。”

大家照做了。茉莉安这时才发现，自己和大多数人一样，穿着灰色的衬衫，只有另外两人的衬衫是白色的。

“啊，那就是这样了，”欢悦小姐说，“灰袖子的凡尘学员是安娜伊、阿占、马希尔、霍桑、茉莉安、萨蒂亚、弗朗西斯。白袖子的奥术学员是兰伯斯和……唔……”她低头看了看名单，手指在上面划过，“卡当斯！对！情有可原啊，卡当斯是催眠师嘛，你们懂的，然后——”

“卡当斯是谁？”弗朗西斯问。

欢悦小姐冲着卡当斯努努嘴，后者正坐在那儿，恶狠狠地瞪着大家。整个 919 团——茉莉安除外——全都惊讶地看着她，好像突然发觉那儿还坐着个人似的（的确是刚刚发觉）。

“唔，”欢悦小姐自己写了张便条，“反正我们得想办法记住啊。好了，卡当斯是催眠师，兰伯斯是短期预言者——这是一种更为具象的预言者，更擅长短期预测而非长期预言。哪怕在奥术学院，这也是两种不同的心法，有所区分的。团队里有你们俩可真好啊，姑娘们。”

卡当斯似乎没那么生气了，兰伯斯则仔细阅读着海报上的内容，轻声念着什么，仿佛对大家的对话不怎么感兴趣。不过要是有人说了什么有趣的话，她也会迅速地微微一笑，然后就又皱起眉头，恢复了严肃的神情。茉莉安很仔细地观察了她一番：如果兰伯斯真是个雷达[1]，那么她和其他雷达的频率肯定不一样。

其他成员分成了两派，一派偷偷地瞥着茉莉安，互相交换着眼神，另一派则大喇喇、直勾勾地盯着茉莉安看。她知道他们在想什么，因为她自己也正想着同一件事。

1　兰伯斯是短期预言者，英文是“Radar”，直译是“雷达”，此处是 radar 的双关。——译者注

为什么她属于凡尘学院，而卡当斯和兰伯斯属于奥术学院呢？奇迹锻上到底哪里大众了？

“那你的成绩好吗？”萨蒂亚舔着手指上的巧克力，转换了话题，“在走钢丝这一科。”

这问题有点儿不礼貌，茉莉安想道，而且……不怎么聪明。因为欢悦小姐的成绩显然足够好，不然怎么能加入奇迹社团呢？茉莉安觉得，萨蒂亚或许只是为了问而问，因为没能进入奥术学院让她有点儿不高兴——她可能很喜欢“翻倍厉害”吧。

“挺不错的。嗯，”欢悦小姐耸耸肩说，“不过这是我第一次当列车长，所以可能会干得不怎么样吧，至少一开始不怎么样。在我做得还不太熟练时对我宽容点儿，好吗？”

说完这些话，她就冲着茉莉安笑了。茉莉安也忍不住对她笑了起来。她已经喜欢上欢悦小姐了，于是鼓起勇气，举起手问：“请问，列车长是什么意思？”

“哦，对了，”欢悦小姐轻轻地一拍脑门，“我把最重要的事儿给忘了，是不是？奇迹社团的每一个新团队都有个列车长，列车长会陪伴孩子们一起度过初级学员阶段。我的工作就是把你们送到该去的地方。这可就是字面意思啊——每天把你们送到奇团，再送回家——就是这家庭专列的列车长嘛。

“不过，更广义地说，我要帮助你们，在初级阶段结束时，抵达各自的目的地，算是某种……引导吧。在你们的奇团学业生涯中，像导航一样帮助你们。如果上课时有什么需要，比如特殊的仪器和工具之类的，我一定会替你们准备好。这星期我已经跟物资部下了一大笔订单了呢。”她装作手里拿着一张清单，比画着念道，“拳击手套，防火盔甲，整套厨刀，感官剥夺舱……你们可真是有意思的小家伙啊，不是吗？”

笑声在成员们之间轻轻荡漾开了。茉莉安看着霍桑，咧开嘴笑了。这是真的，全都是真实发生的。他们余生的第一天，她简直等不及想马上开始了。

“我的协助会具体到你们每一个人，”欢悦小姐继续说，“以及你们各自的资助人和助教，确保你们的课程安排能最大限度地激发你们的潜能，让你们成为优秀的奇团成员，也成为多才多艺的个体和自由邦公民。我们会帮助你们完善心法，打磨你们带给世界的其他礼物，包括——不，尤其是——你们善良的心和勇敢的精神。我无比希望我们能成为朋友。这似乎是最明智的选择，因为在接下来的五年里，我们可得一直朝夕相处呢。”她说完就笑了起来。

要是别人在谈论“善良的心”和“勇敢的精神”时还带着热情洋溢的赞许，茉莉安或许会觉得浑身不自在。但欢悦小姐却能让她愿意安静地坐着，仔细地聆听每一个字。

“好啦，”列车长拍了两下手，“我们该出发了。今天的内容是参观校园，你们将和帕克西姆·勒克一起来一次贵宾之旅。你们这些好运气的小鬼！”

“不可能！”霍桑的脸色一下子亮了起来，仿佛这是他这辈子最棒的一天，“帕克西姆·勒克？当真吗？”

“当真啊。”欢悦小姐笑了。

“当真？帕克西姆·勒克本人？帕神？”马希尔又问了一遍，“著名的幻术师兼隐身顽童兼联防队员兼街头艺术家？”

“没错。”

马希尔和霍桑互相看了一眼，颇为敬畏地笑了。

可茉莉安完全不知道帕克西姆·勒克到底是谁。肯定又是永泊镇式的什么人吧，她想。

“我还以为他的身份是保密的呢。”卡当斯说。

“哈，他其实没有你们想象的那么挑剔。”欢悦小姐说，“至少在奇团内部不会。老帕每年都会带新学员参观，已经好几十年了。”列车长从椅子上跳起来，跑到车厢的最前面，拉动拉杆，按下按钮。引擎发出巨大的轰鸣声，列车动了起来。“你们等着看吧。他通常都会在迎新的第一天来一场史诗级的表演呢。去年，他就从傲立楼的大门里变出了一群猛犸象，然后又让它们消失在森林里，简直像幽灵一样。当然了，那只是幻象——但还是很酷啊！”

“哇哦！”阿占惊叹道。

“好了，咱们赶紧出发吧，不然就要迟到了。今天可是你们人生中最美妙的一天。”欢悦小姐回过头喊道，“还有谁有问题？”

霍桑高高地举起了手。

“能给我们发几件斗篷吗，欢悦小姐？”

5

迪尔伯恩与穆加特罗伊德

919

“傲立车站，永泊镇最古老的奇迹枢纽车站，”欢悦小姐说，“大部分人甚至都不知道它就在奇团总部，就在幽鸣森林里。”

919 团的家庭专列从地下隧道驶出，靠近了熙熙攘攘、热热闹闹的明亮车站——这真是茉莉安所见过的最漂亮的车站。她数了数，共有六个站台，由红砖建成的人行天桥相连。天桥上爬满了藤蔓，和傲立楼外墙上的一样。站台上安置着光滑锃亮的木凳，玻璃幕墙围成了一个个小小的候车室。车站四周是茂密葱翠的森林，树枝弯曲伸展，遮蔽了上空，形成一座天然的穹顶。天色尚早——天空还是破晓时淡淡的蓝色——微弱的光线透过树叶的缝隙，映着摇曳的水潭，光影斑驳。挂在站台上方的煤气灯一个接一个地熄灭了。

尽管时间还早，站台边却已经停靠了三节家庭专列（车厢上分别漆着 918、917 和 916），一列全长蒸汽火车，以及一节黄铜小车厢。

欢悦小姐把专列停在了 1 号站台边，打开车门，让 919 团成员下了车。站台上已经挤满了老老少少的奇团成员，墙壁上挂满了各种俱乐部、球队、乐队和其他奇团内部社团的签到单。茉莉安不太喜欢“野心青年目标达成俱乐部”，这个俱乐部每星期一、二、三、四晚上和星期日全天都要开会。不过，她倒是有可能加入“匿名内向者组织”，因为它承诺永远也不会召开会议或举办任何形式的聚会。

车站里弥漫着兴奋、激动的气氛。人们三五成群地聚在一起，压低声音聊着什么。有几段简短的对话滑过了茉莉安的耳朵。

“……谁也不知道。长老们什么都没说……”

“……又是他的把戏吧，或许？”

“……以前可从没有过这种事……”

欢悦小姐皱起眉头，似乎有些不安。

“有什么不对的吗，欢悦小姐？”茉莉安问。

“没什么。不过假期结束后的第一天总是会很热闹，像过节似的。而且帕克西姆·勒克通常会在这儿等着……”

“玛丽娜，你怎么样啊？”一个年轻男子从 917 号家庭专列里探出身来，冲着欢悦小姐喊道。他跳到站台上，慢慢跑了过来。“听说你也成了列车长，恭喜呀！”

“谢谢你哟，托比。”她心不在焉地说，“这儿怎么了？帕神呢？”

托比好像有点儿沮丧：“大家都不知道。一夜之间就不见踪影了。”

欢悦小姐做了个鬼脸："这不可能吧。"茉莉安突然间想起了一段类似的对话——跨年夜那天，朱庇特和他的朋友天使伊斯拉斐尔的对话。他们提起天使卡希尔，说他失踪了。"帕神怎么会在校园环境游的前一天消失呢？二十五年来他可一次都没缺席过。"

又有人失踪了。

一种模模糊糊、难以言表的恐惧，像蛇一样钻进了茉莉安心里。这种感觉她再熟悉不过了——在某个地方有某件事出了严重的问题，而她又要受人诘责了。

别那么想了，茉莉安严厉地斥责自己。她摇了摇头，好像要把这可怕的念头从脑袋里甩出去似的。这跟你没关系。你——没——被——诅——咒。

她真希望能收到朱庇特的便条。

欢悦小姐颓然无望地看了看站台四周："那谁来带队参观呢？"

"呃……"托比这才是要传递真正吓人的消息了。

欢悦小姐领着 919 团离开列车，指了指一条直通傲立楼、树木葱茏的宽阔大道，神色凝重地说："在路上走，好吧？不论你要做什么，千万别跑到幽鸣森林里去。"

"那儿很危险吗？"弗朗西斯紧张地瞥了一眼浓密的树林。

"没有啦，只是有点儿惹人烦。"欢悦小姐往前凑了凑，好像不想让树木偷听似的，“它们一旦开始哼哼唧唧，就很难闭嘴了，所以不要同情心泛滥。好了，大家听着。看来，今天会由你们的一位……呃，助教来带你们参观了。迪尔伯恩女士和穆加特罗伊德太太会在傲立楼前的台阶上跟你们见面。那么——”她停了一下，重重地叹了口气，“你们就……呃，规规矩矩的，低着头坚持一下吧，好吗？”

说完这鼓舞人心的最后几句，列车长便挥挥手，让大家离开车站。919 团便踏上了通往傲立楼短短的又有点儿吓人的路。

茉莉安觉得自己听见左侧树林里，远远地有个低低的、怨恨的声音（……一大清早就带这么多人来闲逛，真不尊重我们哪……），不过她按照欢悦小姐的指点，没有理会。她和霍桑走在队伍的最后面，两个人窃窃私语。

“我简直不能相信，”霍桑咕哝着，“咱们差点儿就能见到帕克西姆·勒克了，可他却消失了。真是倒霉透顶。除非——哦！”他脸上突然云开雾散了，“哦——！等等！你说这会不会是他的恶作剧？”

“可能吧，”茉莉安疑心重重地说，“就是有点儿蹩脚。”

“小南跟我说过那两位助教，”霍桑继续说，“她说穆加特罗伊德有点儿难对付。”

（右边的树叶沙沙作响，发出可怜兮兮的哀鸣。大树吱吱嘎嘎，低沉地说：“哎哟，今天我的树枝疼不疼啊……”）

“钱达夫人也这么说呢。”茉莉安提高了音量，想压过幽鸣森林里的动静，“那真是有点儿不好对付吧。”

“小南说，如果我们惹出了乱子……”

茉莉安哼了一声：“如果？”

“……那么我们应该希望发现的人是迪尔伯恩，而不是穆加特罗伊德。她说只要事情和穆加特罗伊德扯上关系，你就得尽量低调，可别招人注目。我就跟她说——跟小南说——首先，你老觉得我会惹麻烦，这让我很委屈啊。”他歪着嘴笑了。茉莉安又冷哼了一声。“其次，我要惹麻烦，就肯定不会让她们发现嘛！不是吗？”

奇团的新成员们从树木林立的大道上走出来时，天色已经亮了。当他们沿着白霜覆盖的斜坡，向傲立楼走去时，地平线上的浅金色变成了淡淡的粉色，仿佛巨大的花朵在天空中绽放，照亮了红砖墙面。

傲立楼前的台阶上站着一个女人，正等着欢迎他们。或许，并不是什么“欢迎”……茉莉安越走越近，就越发确定，那女人更像是……冷冷地、沉默地瞪着他们。

她静静地、雕像般地站着，身上穿着奇迹社团标志性的黑色衣服，但斗篷下露出了灰色的衬衫前襟。她的头发是极浅的金色，几乎就是银色，却盘成了一个老式的发髻，堆在头顶，让她看起来老气了许多。和那张年轻的脸挺不相称的，茉莉安想道。她的皮肤完美无瑕，光洁犹如月光，显然她很爱惜自己，而且可能大部分时间都在室内待着。她的眼睛是冰蓝色的，颧骨高耸，像刀子似的。这些外貌特点单看起来固然很美，但整体看来却犹如一座人形冰川：冰冷、坚硬、无懈可击。她从傲立楼前最高的一级台阶上俯视着下方，仿佛他们只是一群虫子，活该被她优雅的黑色鞋子碾在脚底下。

这一定是穆加特罗伊德，茉莉安想道。鉴于小南给霍桑的那些建议，她不由得往后缩了缩，极力使自己不那么扎眼。

“早上好，919 团。”那个女人开口了。她的声音让茉莉安联想到了玻璃：表面非常光滑，边缘却隐藏着锋利。“我是杜尔希尼亚·迪尔伯恩。”

茉莉安惊讶得差点儿发出声音。

“我是凡尘学院的助教。”她继续说道，“尽管这样的职位伴随着无限的责任和工作量——还要感谢某个小丑不负责任地溜之大吉——长老们还是指派我来做你们的导游。我只得安慰自己，你们即将感受到的无聊并不亚于我。

“你们可以称呼我‘迪尔伯恩女士’或‘助教’，但不要使用‘迪尔伯恩太太’‘迪尔伯恩小姐’‘母亲’‘妈妈’‘老妈’，以及其他衍生称谓。我不是你们的家长。我不是你们的保姆。我没有时间解决幼稚的问题。如果有类似问题，请你们去找贵团列车长，或者把它埋在灵魂深处，使其不再困扰你们。我说清楚了吗？”

919 团的九个人像一个人似的，寂静无声地点了点头。

体验过欢悦小姐温暖快乐的欢迎，家庭专列的舒适，再见到这位迪尔伯恩女士，简直无异于被迎面泼了一盆冷水。茉莉安忍不住好奇，真不知道哪位可怜的着了魔的学员竟会管这北极大陆架般的女人叫“老妈”。

“诸位，你们必须记住一件高于一切的事，那就是你们并——不——重——要。年复一年皆如此：新一团的学员加入我们的行列，在自由邦最神奇优秀的一批人才里位列倒数第一至第九。在此之前，你们一直都带着‘特别’的光环，一直都是你们平凡的家庭、学校、社区中最有才华、最聪明、最受宠爱追捧的人。”

茉莉安真想冷哼一声啊。她深深地、热烈地、全心全意地——当然了，也是默默地——不同意这一断言。

“当你们来到我们这扇门前，”迪尔伯恩继续说，“理所当然地想得到相同的对待。你们期待关心和温柔，赞美和宠爱。你们希望奇迹社团所有忙碌的、举足轻重的成年人停下手里的事来夸奖你们。你们以为他们会说：‘哦！这就是新来的一批小成员啊！他们可真是太出色了！’”她停下来，一个一个地扫视着大家，令人发毛的笑容变成了讥讽，“哼，忘了那些吧。记着，你们并——不——重——要。在这神圣的大楼里，没有人会握着你的小手，或是帮你擤擤鼻涕。奇团里人人都有工作要做——每一位初级学员和高级学员，每一位毕业生，每一位教师，每一位资助人，每一位长老，每一位大师，没有谁是闲着的。当然，你们也包括在内。你们的工作就是尊重师长，令行禁止，持续不断地提升自己，时刻准备着——如果有那个荣幸的话——各尽其用。听明白了吗？”

茉莉安没听明白。她不太理解迪尔伯恩女士说的“各尽其用”是什么意思。不过，此时此刻，她宁可把手伸进食人鱼池里也不愿意举手提问，于是只好和其他人一起含糊地答道：“听明白了，助教。”

“不错。”说完，迪尔伯恩便转过身，径直走向傲立楼的大厅入口，而且显然希望其他人跟上，“我们的学年设置遵循历年日期，分为两个学期，第一学期春季开学，第二学期秋季开学。暑假时，你们应该……”

听她干巴巴地念着导游词，大家排着队走上了台阶。霍桑往茉莉安身边凑了凑。“演讲很可爱嘛，”他小声说，“暖乎乎、毛茸茸的呢。”

他们学到的第一课，就是在傲立楼明亮优雅的五层建筑之下，才是奇迹社团真正的厅堂。它黑暗、深邃、迷宫一般，仿佛无边无际。

“地下建筑共有九层，”迪尔伯恩女士一边说，一边领着大家通过门厅，走向一条长长的、回声飘荡的走廊。她哑着嗓子，一副公事公办的语气，亮亮的黑皮鞋踏在木地板上，发出响亮的声音。茉莉安、霍桑，还有其他成员想要跟上她的步子，必须比平常的速度快一倍才行。

“地下一层主要为教职人员和来访的成人社团成员提供餐饮、休息和休闲设施。你们是禁止入内的。地下二层是供初级和高级学员使用的餐厅，物资部，以及高级学员宿舍——有些人愿意住在这里。”

在地下二层走马观花地看了一遍，茉莉安便对奇团的日常生活有了大致印象。学员餐厅是一片圆形的区域，人来人往，非常热闹，桌椅都随意地摆放着。在靠边的地方，咖啡馆风格的铁铸小桌子，参差不齐、油漆斑驳的木板，不配套的凳子密密匝匝地挤着。另一边则有个巨大的壁炉，四周散落着旧旧的扶手椅。

有几张桌子旁边坐着些高级学员，他们或吃早餐，或看晨报，或喝茶聊天。培根的香味儿迷住了霍桑，茉莉安不得不拉着他才作罢。

“我连早餐都没吃呢！你能想象吗？”霍桑气愤不已地在茉莉安耳边小声念叨，“想都没想就进了那扇见鬼的门！是不是！”

“嗯……”茉莉安没仔细听。她觉得那些高级学员之间的嘀嘀咕咕里似乎有一种紧迫感，不知他们是不是在讨论帕克西姆·勒克失踪的事儿。迪尔伯恩女士领着他们穿过餐厅，从另一边出去，来到一排挂在轨道上的大铜球前面。她转过身，面对着学员们。

“我们内部的伞轨车可以直达任意地下楼层，”她用干涩的甚至有些机械化的声音说道，“这些吊舱可以把你们送到奇团内的任何地方——只要有许可就行——以及奇团之外的奇迹枢纽车站。初级学员只有在得到助教或资助人的明确许可后，才能离开奇团。你们自己的印记知道哪儿能去哪儿不能去。每个吊舱至多可以容纳十二名乘客。

“地下三、四、五层是凡尘学院的教育设施，地下六、七、八层属于奥术学院。地下九层禁止所有学员入内。

“你们当中的七人，在我这个凡尘学院助教的管理范围内，显然没有理由到地下五层之下的地方去，因此你们的行动范围不可逾越此界限。布莱克本小姐，阿玛拉小姐，你们应在奥术学院上课。奥术学院助教穆加特罗伊德太太将在晚些时候接你们过去。”

迪尔伯恩女士让大家全都钻进了一只大铜球里，然后用她手上的 W 形印记按向了墙壁上对应的圆圈，接着又拉动各种拉杆，一通操作很是复杂——茉莉安本来想试着记住，可是失败了。他们猛地下沉，速度之快简直令人恶心耳鸣。然后——除了迪尔伯恩女士之外，所有人都吃了一惊——吊舱猛地向前冲去，接着向左，向右，再向左……向上，向上，再向上……就这样一边上升，一边以 Z 字形移动，吊舱门上的灯也疯狂地闪个不停。

终于，吊舱突兀地停住了，919 团的九个人全都撞向了舱壁。而迪尔伯恩女士因为个子够高，可以抓住舱顶上垂下来的带环把手来稳住自己。至于孩子们够不着把手，她好像压根儿就没觉得有什么问题。

“地下三层。凡尘学院。”吊舱门开了，迪尔伯恩女士领着大家走过一条空荡荡的、木地板锃亮的长长走廊。茉莉安只觉得头晕目眩，一阵阵反胃，不过她尽力忍住，跟着队伍往前走。

“这一层完全归实践性学科使用，”迪尔伯恩女士继续说道，“例如医学、制图学、气象学、天文学、烹饪学、工程学、畜牧学等。这些普罗大众感兴趣的日常学科对维持世界运转至关重要。在地下三层，你们还可以看到实验室、天文台、地图室、第一至第九号阶梯教室、生物学相关设施、实验厨房，当然，还有医院。”

助教把大家带到了一间黑乎乎的阶梯教室里。一位教授——布兰布尔博士——正在滔滔不绝地讲着。她的演讲题目是“现代奇状动物学家的伦理责任”，听众则是七穴各地前来访问学习的社团成员。演讲台上，教授身边放着个大篮子，里面堆着一大坨脏兮兮的白布，等等，那好像并不是“白布”，而是——

“一只华姿猫！”茉莉安戳了戳霍桑。迪尔伯恩女士立刻转过身来瞪着她。茉莉安连忙抿住嘴巴，一动不动地盯着演讲台，直到助教的目光移开才作罢。

“认为人的行为仅需符合某一物种的最大利益是远远不够的。”布兰布尔博士对她的听众们说道。她伸出手，亲热地抓了抓那只华姿猫的下巴。“我们必须考虑所有的个体。”

“它倒没有小芬那么大。”霍桑从嘴角挤出一句话。

“我猜它应该是只小猫崽。”茉莉安说。这时，那只华姿猫冲着听众席半是威胁、半是撒娇地亮出了爪子。“哦！快看！”

可是，迪尔伯恩女士急匆匆地把他们带到了地下四层。

“人文学科系，”她说，“包括哲学、外交学、语言学、文学、音乐及戏剧。”

途经几十间教室、工作室、艺术画廊、音乐室和剧场之后，地下四层的参观便告结束了。迪尔伯恩女士领着孩子们到了地下五层，并称这里有“肢体应用系”——凡尘学院的三大分支之一。

上面几层都有着博物馆或大学校园的那种平静、正式的气息，有着宽阔的走廊，高高的天花板，光溜溜的地板。地下五层却弥漫着一种难以捉摸的、混乱不定的、似乎什么事儿都可能发生的气氛。

迪尔伯恩带他们参观了半层楼，其中包括研究间谍技术的部门（观摩了五分钟“装死研讨会”），闹哄哄的比武场（开学第一天的早上，有几个学员便已经骨折了），以及霍桑很乐于见到的巨大的、山洞一般的龙舍和驭龙场——他以后可要花大把时间在这儿待着了。

茉莉安觉得，地下五层有点儿像丢卡利翁大饭店。她正想着，有个年纪大些的男孩儿从大厅另一边跑了过来。

“助教！”他一边尖叫着，一边赶上了迪尔伯恩女士和919团。他长长的头发编成辫子甩在脑后，一双眼睛又明亮又狂热。“助教！助教！我能跟您说几句吗？”

“现在不行，惠特克。”

“求您了，迪尔伯恩女士！”男孩儿说着，弯下身子，两手扶着腰，喘个不停，“求您了，求您去和穆加特罗伊德太太谈谈吧。她说明天要给我剃光头，因为我上一次的公民义务考试没合格。可那不是我的错啊，她——”

“这完全是你自己的问题。”

“可是她说……”男孩儿啜泣起来，“……她说她今晚要把剃刀磨锋利。”

“想必是的。”

“求您了，能不能跟她谈谈，或者——”

“太荒谬了，我当然不能去跟她谈。”迪尔伯恩女士训斥道。她闭上眼睛，一歪脖子，发出咔的一声。茉莉安听了，不由得缩起了身子。那个男孩儿瑟缩着，躲避着，猛地吸了口气。“你的袖子是白色的，惠特克。你是奥术学院的人。需要我提醒你吗？我可不是你的助教啊。穆加特罗伊德太太要怎样管教她的学员，那是她的事。现在赶紧回去上课，别把事情越弄越糟。她随时都可能出现在这儿。”

男孩儿脸色很难看，从助教身边退开，转过身往回跑去。茉莉安看着他的背影，忍不住咽了口唾沫。那位名声不怎么样的穆加特罗伊德，真的要把他的头发剃光吗？社团里允许这种事发生吗？她四下看了看，919团的其他人全都一样忧心忡忡。

也全都一样疲惫不堪。天还没亮就被叫起来，在这地下迷宫般的社团里走了几百英里，一整天只吃了两块饼干。茉莉安觉得自己简直就要原地瘫倒，再也站不起来了。她决定，无论如何，必须得问问这趟参观什么时候结束（或者至少能给他们点儿吃的），这时，迪尔伯恩女士把他们带回了伞轨车站台。

“布莱克本，阿玛拉。”迪尔伯恩女士说。卡当斯迎向了她一瞬不瞬的目光，但兰伯斯却只是仰头盯着天花板，眉头紧皱。茉莉安不知道她有没有听见自己被点了名。“奥术学院的助教穆加特罗伊德，很快就会带你们到地下六层至八层继续参观。”

茉莉安有点儿嫉妒卡当斯和兰伯斯，因为她们将要参观的地方，是自己和其他成员禁止踏足的。不过，她更希望他们这些灰袖子同学的旅程就此接近尾声。

“等穆加特罗伊德太太到了，”迪尔伯恩继续说，“其他人就可以自行原路返回，到傲立楼外面的台阶上去集合。你们的列车长会在那儿等着你们，把你们送回家。想必你们已经学会从这里返回一楼的方法了。”

怎么可能。茉莉安想道。她转头看看霍桑，只见他也是一脸惊讶。他们应该记住助教刚才在吊舱里的那通操作吗？

“为什么他们就可以回家，而我们却必须留下？”卡当斯问。

“哎哟，你们真可怜，”萨蒂亚厌恶地翻了翻眼睛，“肯定很难熬吧！谁叫你们那么天赋异禀呢，只好去参观另外三层了。我们其他人都禁止入内呢。我可真是同情——”

“天啊！”兰伯斯仍然望着天花板，嘴里念念有词。她伸出一根手指，就像她早上在车站时的姿势一样。也不知道她是希望大家安静卜来，还是在测量风的方向。“她来了。”

“能不能来个人拦着她啊？”马希尔嘟囔道，“吓我一跳。”

“安静。”助教的声音仍然严厉，但茉莉安觉得她用力扯着袖口的样子，像是突然紧张不安起来了。难道是因为太害怕那位人见人怕的穆加特罗伊德吗？茉莉安一点儿幸灾乐祸的心情都没有了。

“趁等候的时间，我们来复习一下杂务事项。”迪尔伯恩女士接着说，“你们有责任确保自己的着装和学习用品符合相应课程的要求。”她说到这儿顿了顿，闭了闭眼睛，把脖子扭向了一侧。茉莉安哆嗦了一下。“如果需要什么东西，比如乐器所需的松香、外科手术服、大砍刀……”她挨个儿看了看阿占、安娜伊和萨蒂亚，“……那么你们必须请列车长事先准备好，或自己提出正式的书面申请，申请表格由……物资部……提供。”

迪尔伯恩又停下了。奇怪的事情发生了：她紧紧地闭着眼睛，好像想遮蔽亮光似的，肩膀高耸着，慢慢地向后翻卷，同时扭动着脖子，仿佛水里的鳗鱼。茉莉安听见了一连串细小的爆裂声——是那个女人的脊椎骨从上往下断裂的声音。她不禁瑟缩起来，这声音让她不寒而栗。

茉莉安看了看其他人，他们脸上的表情也和自己如出一辙，大家全都陷入了深深的恐惧：助教这是怎么了？

“如果这些事项没有处理好……将会导致你们……无法上

课……”迪尔伯恩继续说道。她的眼睛仍然闭着，下巴伸了出来，和脖子形成了极不自然的角度。“……那么结果就是……”她的喉咙深处发出了一种诡异而令人生厌的咯咯声，吓得茉莉安往后跳了一大步，“……就是你得自己看着办……你会发现……整个奇团，没有一个人会……同情你……的窘境。”原本玻璃般脆生的声音已经彻底消失了，取而代之的是粗哑的喉音，并且没有任何节奏、音调、起伏。听起来就像是……嗓音坏掉了。“我说得对吗，穆加特罗伊德太太？”

迪尔伯恩睁开了眼睛。

茉莉安喘不过气来了。919团的其他成员全都困惑地转过身，以为会看见奥术学院的助教走过来。只有茉莉安自己，看见了别人错过的一幕。

迪尔伯恩……变了样子。就她本人来说，变化并不显著：肩膀向下垂着，线条瘦削，脸颊上的凹陷加深了；冰蓝色的眼睛变得死气沉沉、晦暗无光、灰蒙蒙的，就像冬日的天空；头顶的发髻不是有光泽的浅金色了，而是白色的——干涩、枯萎；她的嘴唇暗沉得发紫，向两侧咧开，犹如奸笑，露出一口锋利的、发黑的牙齿，令人汗毛倒竖。

茉莉安睁大了眼睛，一动不动地瞪着迪尔伯恩女士，目睹了这可怕变化发生的全过程。她的困惑和恐惧渐渐地变成了顿悟。

“没错，迪尔伯恩女士。”同一个女人沙哑着声音，回答了自己的问题。

那么，这……就是穆加特罗伊德了。

奥术学院的两名学员开始往外逃，而茉莉安为自己是灰袖子学员感到庆幸——这已经不是今天第一次了。

6

歧途，舛误，败笔，畸变，以及灾难

“整个上午都是驭龙骑术啊！”霍桑嚷嚷着，往空中挥了一拳，“真棒！”

现在是学期的第二天，他们正准备在傲立车站停靠。不过前面还停着两趟车，学员正在下车，所以欢悦小姐的 919 号家庭专列得等他们走了站台上清理好了之后才能往前开。

“看你这么兴奋我挺开心的呢。”欢悦小姐对霍桑说。在前往奇团的路上，919 团的成员们把日程表传看了一遍，大家兴奋地比较着这一周要参加的各种有趣的研讨会、讲座和课程。茉莉安对星期四上午的那门课尤其期待，“开启生死对谈”，这名称就够让人好奇的。“不过你在体育馆可别太累了，仔细看看，午餐后你还有三节龙语课呢。”她指了指表格，“你得打起精神，那种语言可不好学。”

霍桑的拳头松开了，他低头看看自己的时间表，皱起了鼻子：“干吗非得学龙语啊？”

欢悦小姐睁大眼睛看着他。“我就知道。永泊镇最有前途的年轻驭龙者，为什么要试图与那些一爪就能要你命的远古爬行动物沟通呢？多么疯狂的念头啊！”她哼了一声，“可是霍桑，难道你不觉得，能够与龙交谈是很有用的吗？”

“可是……我可以和它们交谈啊，”霍桑说，“我三岁的时候就会骑龙了。要是你不相信我能让龙听我的命令，来去自如，还能看着我——”

“嗯，我知道你可以，”欢悦小姐说，“我看过你的表演选拔赛。但你一直以来学的都是让龙理解你的意思，你有没有试着去理解龙的想法？”

霍桑愣愣地看着她，仿佛她头上长了角似的。

“龙语是一种非常奇妙的语言，”她继续说，“我在初级学员阶段也自学过一些。而且——瞧瞧，马希尔也会跟你一起上这门课，多好啊！”

霍桑凑到马希尔旁边去看。

“为什么他只上一个小时！”他抗议道。

“唔……我想那或许是因为万事开头难吧。我们的易卜拉欣先生已经掌握一些龙语了，是不是呀，马希尔？”

“H’hath shka-lev.[1]”马希尔说着，庄重地点了点头。

欢悦小姐似乎很惊讶。“Machar lo’k dachva-lev.[2]”她答道，也向马希尔点了点头。

1 作者杜撰的龙语。——译者注

2 作者杜撰的龙语。——译者注

“什么意思啊？”霍桑咕哝着，茫然地看着两人——据茉莉安猜测，他应该还有些嫉妒。

“这是龙雅里的祝福语。”欢悦小姐回答道。她见霍桑更迷糊了，便继续解释说：“‘龙雅’是‘龙语’的别称。刚才那句‘H’hath shka-lev’的意思是‘祝你永远燃烧’。”

霍桑做了个鬼脸。茉莉安也是。“祝你永远燃烧”，听起来更像是威胁吧，哪像祝福啊。

“礼貌的回复应该是‘Machar lo’k dachva-lev’，意思是‘认识你使我燃烧得更明亮’。”欢悦小姐说道，“对龙来说，这就相当于……你祝它们身体健康，它们则回报以友情。”

萨蒂亚正仔细地研究着自己的课程，却好像越来越恼火。“欢悦小姐，为什么我的表格里没有那些关于龙的课程呢？这不公平啊。龙很酷！我喜欢龙！”

列车长在萨蒂亚身边的沙发上坐了下来，凑上去看了看：“哇哦，你其他的课程也很酷啊。”

“比如说？”

“看，星期五下午的轮滑课，由琳达任教。”

“琳达有什么酷的地方？”

“她专门教初学者学轮滑，还会弹低音吉他，而且，她还是一位半人马呢，很酷吧！嘿，看这个，你和茉莉安在布兰布尔博士的华姿猫护理站有实习课，是在星期二——噢，不对。”她皱起眉头，用钢笔把这节课划掉了。“抱歉，这个得改一改。可怜的布兰布尔博士，她的华姿猫幼崽不见了。老教授心烦得很。”

“不见了？”茉莉安放下手里的时间表，抬起头问道。

“唔，她发誓说是有人把幼崽偷走了，但我确信，那小家伙跑得很快……我是说，华姿猫这种动物可是以性格独立闻名的，它肯定是受够了，不愿意再被关在屋里了。”欢悦小姐见萨蒂亚有点儿沮丧，就推推她说，“别担心了，我会给你另找一门同样有趣的课程的。我保证。”

茉莉安眉头紧锁：这已经是一周内她所听闻的第三起失踪事件了。天使卡希尔、帕克西姆·勒克，现在又加上了那只华姿猫幼崽。

“欢悦小姐，”弗朗西斯插进来说，“这门课程——催眠术辨识，是什么意思？”

“我也要上这门课呢，”安娜伊说，“星期三上午。”

茉莉安看了看自己的日程表，她也要上。

“我也是。”萨蒂亚说。

“还有我。”马希尔说，“八点开始。”

“啊，”列车长说，“长老们认为对你们所有人来说，这都是一项很有用处的技能，因为咱们团里就有一位催眠师。”

卡当斯猛地抬起了头，对列车长怒目相向，看起来非常不高兴。但欢悦小姐却没理会她，神情平和。

霍桑已经完全糊涂了：“咱们团里有什么？”

“催眠师。”

“唔，”他皱着眉头，“是吗？”

“是呀。”欢悦小姐一如既往地耐心，但还是流露出了极其细微的叹息，“卡当斯·布莱克本就是催眠师啊。她正坐在你旁边呢。”

霍桑连忙回过头看了看卡当斯，一脸惊讶地说：“哎呀，我的天哪！”

“没错，就是她。”欢悦小姐说道，“辨认催眠术的课程你们都得参加，才能记住你们的新朋友啊，这样才能在卡当斯运用她卓越的心法时还能找到她。”

“可是，欢悦小姐，”卡当斯好像很惊讶，“这样我还怎么对他们使用催眠术呢？”

“这正是关键，卡当斯。”欢悦小姐温和地说，“你不应该对你的同伴使用催眠术。你们是姐妹兄弟，一生忠诚，还记得吗？”

“我是说过要‘一生忠诚’，但我没说过不会对他们使用催眠术！为什么他们就能随心所欲地使用自己的心法，而我就不行？”

“并不是那样的。阿占也不可以拿你的东西，弗朗西斯也不可以在你的汤里动手脚。你们都是起过誓的。”

卡当斯又露出了她那副满腹算计的神情。“那么既然我已经起过誓了，为什么你们还要教他们辨认催眠术呢？如果你们相信阿占起了誓就不会拿别人的东西，那么为什么不相信我同样不会对他们使用催眠术？”

欢悦小姐垂下了眼睛，似乎觉得卡当斯说的有点儿道理。她抿着嘴唇想了一会儿，说：“我理解你的不平，卡当斯。不，真的，我理解。但催眠术和梁上行是两种不同的心法，可能引起的后果也是完全不同的。因此有些资助人认为——”

“不应该信任我。”卡当斯打断她，自己说出了后半句。她的眼睛里闪着怒火：“我是催眠师，所以我就品行不端。这就是你们的一贯看法。”

茉莉安想起了表演选拔赛上的一幕。卡当斯那些展示催眠术壮举的录像，其实展示的正是种种卑劣行径：破坏公物，用手铐铐住警察，诸如此类。她扬起眉毛看了看霍桑，不过没说什么。

“没有人认为你品行不端，卡当斯。我保证。他们只是比较谨慎。”

可是卡当斯根本没听进去，也没法平静下来。茉莉安觉得她这一上午都不会搭理人了。之前，在 919 车站时，茉莉安和其他灰袖子成员都很想知道地下六、七、八层是什么样的，但茉莉安去问卡当斯时，她不但没回答，甚至像根本没听见似的。据说，萨蒂亚去问兰伯斯的时候也是如此。所以很可能是有人不准她们说。

家庭专列的车门一打开，卡当斯就冲了出去，跑过人行天桥，出了车站。其他人则逗留在站台上，亲亲热热地聊天，对比着各自的日程表，仿佛又一次忘记了卡当斯这个人。

“你今天上午都有什么课啊？”霍桑问茉莉安。

“‘专注与冥想’，”茉莉安大声念道，“在地下四层。午饭后在地下五层还有‘潜行、闪避与隐蔽’。”

“我今天下午也有这门课！”霍桑说，“看看，潜行、闪避与隐蔽，我看我可能根本用不着上这种课。我是说，你见过有人比我更低调？”

茉莉安摇晃着脑袋说：“需要我列个单子吗？”

“列车长欢悦！”

这严苛的声音只能是迪尔伯恩女士的。助教大步流星地冲着他们的车厢走了过来，手里紧紧攥着一张纸。霍桑、茉莉安和其他学员全都僵住了——迪尔伯恩的声音就是有这种能让人僵住的魔力。

欢悦小姐从车厢门内探出头来。“助教，”她有些迷茫地笑着，“早上好。有什么我能做的？”

迪尔伯恩怒气冲冲地瞪着她，眉头紧紧地拧着。“我们得谈谈这个。”她把手里的那张纸往前一扔，欢悦小姐连忙接住了。

“茉莉安的日程表。”她看了看说，“有什么问题吗？”茉莉安一听到自己的名字就愣住了。

“是的，问题非常多。”迪尔伯恩冷笑一声，从欢悦小姐手里扯过那张纸，“事实上，全都是问题。卡德尔·克莱利任教的‘专注与冥想’？不行。”她抽出一支钢笔，夸张地在那节课上面画了一条线。“‘徒手格斗防卫术’？我看也不行。”划掉。“‘潜水探宝入门’？‘潜行、闪避与隐蔽’？不行，不行。你到底想把这姑娘变成什么？”她咝咝作声，“大规模杀伤性武器？”

茉莉安皱起了眉头。她原本以为自己的课程和其他人相比，已经够平淡无奇了。安娜伊的表格里就有大师主讲的“人类心脏暂停术”；卡当斯要参加的那几个研讨会，题目都相当惊悚，比如“砒霜识别”“讯问的艺术”“业余监测与拆弹基础”。

“‘专注与冥想’有什么问题啊？”欢悦小姐问。

“那姑娘是个奇——”迪尔伯恩自己停住了，她回头看了看，然后就压低了声音，“那姑娘是个奇迹锻工，欢悦小姐。我们是不是想让一个专注的奇迹锻工用她非常专注的念头一心一意地把我们都送进坟墓？”

只靠想一想就能把这位助教害死？茉莉安光是想一想就忍不住要大笑了。霍桑没忍住，笑出了声，只好赶紧咳嗽几声掩饰一下。

欢悦小姐却似乎并不觉得好笑。茉莉安看见她脸上闪过了一丝怒气大爆发的表情，但片刻之后就镇定平静下来，然后才说：“那么您认为应该给茉莉安安排哪些课程呢，助教？”

“我已经修改了日程表，”迪尔伯恩简短地说道，又递给她一张纸，“请即刻更改，确保无误。”说完她转身走了，欢悦小姐叫她的时候，她都快走到人行天桥了。

“助教，我想您可能弄错了，这日程表上只有一门课啊。”

迪尔伯恩回过头盯着她：“我从不出错，欢悦小姐。再见。”

助教一离开，茉莉安和霍桑就连忙跑回车厢，凑到欢悦小姐背后去看，究竟是什么课程让她如此沮丧。

“海明威·Q. 昂斯托得教授的‘奇迹能滥用之罪恶史’。”茉莉安搞不明白，而且非常失望，“就是……这样？只有一门课？每天都是这一门课？”

“显然是这样。”欢悦小姐强压着情绪，声音紧绷绷的，“我以前从没听说过这门课，所以肯定是专门为你开设的新课程。多么……激动人心啊！”

但这话糊弄不了茉莉安。

欢悦小姐紧张地笑了笑：“快走吧，不然你要迟到了。”

海明威·Q. 昂斯托得教授更像人类，而不像乌龟。但总归来说，他身上还是有很多乌龟的特点。

茉莉安知道，在奇迹动物的圈子里，昂斯托得通常会被当作辅奇迹动物，指的是与奇状动物相比有更多人类特征（完全呈现出公牛形态的萨加长老，显然就是元奇迹动物）。丢卡利翁大饭店里的生活让她接受了很扎实的关于奇迹动物的礼节教育。他们经常会接待奇迹动物客人，朱庇特和凯吉瑞帮助茉莉安理解了奇迹动物与奇状动物之间的区别。奇迹动物有知觉，有自我意识，是很聪明的生物，能进行复杂的活动，比如语言、发明和艺术。而奇状动物就不是这样了。

茉莉安也学会了和奇迹动物相处的方式。比如说，奇迹棕熊，是不希望被别人看作棕熊的（这是非常侮辱他们的），而是希望被看作“奇熊”。把棕熊和奇熊弄混是严重的、不可原谅的失礼。茉莉安知道这些，是因为有一回她就不小心弄错了，于是为了安抚他们的奇熊贵客，朱庇特和凯吉瑞不得不道歉了无数遍，赞美了无数遍，还搭上了免费的野餐套盒（她那些“奇熊，买一送三”之类的笑话也都不太受欢迎）。

至于芬内斯塔，她既不是奇迹动物，也不是奇状动物。茉莉安曾经问过她，小芬却刻薄地反问：“你会问一个人是不是奇迹动物吗？你会问一匹半人马是不是奇状动物吗？不，我是华姿猫。”

小芬确实接受了茉莉安含糊的道歉，但那之前，她把茉莉安枕头里的羽毛全换成了饭店浴室地漏里的头发。

昂斯托得教授的模样很难不让人多看两眼。比如背上那个圆鼓鼓的壳，还有他坚硬的灰绿色皮肤，以及裤脚下的那双脚——正是圆圆的、覆着鳞甲的、生着足垫的乌龟的脚——人们可能会以为那是一双漂亮的粗革皮鞋吧。

不过，其他的地方就很普通了。他的脑袋上没什么头发，只有稀疏的几缕白发，淡绿色的小眼睛四周有一圈粉色，老是眯着，仿佛迫切需要一副眼镜。他身穿一件正式的学位袍，里面是一套老式西装，系着格子领结，马甲不是很合身，前面还沾着污渍。

他的教室位于地下四层人文学科系，就是那种半人半龟的老师日常授课的地方，毫无出人意料之处——茉莉安从没花时间去“意料”过。教室里当然摆着一排排的木桌、直背椅，沿着墙壁有一圈书架，上面摆满了精装书，看上去全都很严肃。但在教室地面上，原本应该铺设地板的地方，则换成了凉爽的草坪，房间的一角还有一个大池塘。

茉莉安走进教室时，昂斯托得教授正坐在黑板旁边的凳子上。他仰着头瞥了她一眼，指了指前排的桌子，然后长长地、慢慢地、深深地呼了口气，胸膛起伏着，发出咔啦咔啦的声音。茉莉安坐下来，等待着。

“你，”他终于慢吞吞地开口了，说了一个字又停下，喘了口气才继续说下去，“你就是长老们说的那个……奇迹锻工。”

他没有一颗牙齿，皱巴巴、黏糊糊的嘴唇就像个坑似的，直接凹进了皮肤里，勾勒成了嘴巴，嘴角还聚着一滴滴细小的唾沫。茉莉安皱了皱鼻子，努力不去想象唾沫星儿飞溅到自己脸上的画面。

“是的，”茉莉安防备地往后靠了靠，“就是我。”

这个问题叫她很惊讶。她还以为只有两位助教和欢悦小姐知道她的这个……小困扰。

他皱眉看看她：“应该说‘是的，教授’。”

“是的，教授。”

“唔。”他点点头，凝视着远处。

这之后的好一会儿工夫，他什么都没说。茉莉安开始怀疑他是不是忘了还有个学员在这儿。她正要清清嗓子发问，他回过神来了，粗粗地喘了口气，看向了她。“你知道……这是……什么意思吗？”

“不太知道，”茉莉安实话实话，又连忙加上一句，“教授。”

“你应该听说过……唯一一个尚在人世的……奇迹锻工……是吧？”

“以斯拉·斯考尔？”

昂斯托得教授点了点头。他的脑袋前后摇晃了好半天，仿佛他控制不了自己的头，要等着它自己停下来似的。“关于他……你都……知道些……什么？”

茉莉安叹了口气：“我只知道他是世界上最邪恶的人，所有人都恨他。”

“正确。”昂斯托得教授加重语气说道。他微微地垂下眼睛，茉莉安还以为他要睡着了——其实她自己也可能快睡着了吧。“正确。那么你知道……为什么……他是……最邪恶的——”

“因为他把自己变成了恶魔。”茉莉安插嘴道。她不是故意没礼貌的，只是实在等不下去了。“他还自己组建了一支恶魔军队。”这些关于以斯拉·斯考尔的事是凯吉瑞去年告诉她的。她很想尽量不带感情地描述，但显然做不到。

事实上，无论朱庇特怎么说，无论他怎么坚称奇迹锻工并不代表邪恶，茉莉安都很难甩去深扎在脑海里的念头：她也像以斯拉·斯考尔一样。斯考尔不正是这样告诉她的吗？不正是他

看着她的眼睛，笑容满面，心满意足？“我看见了你，茉莉安·克罗，在你的内心深处，正邪之间的薄冰一击即碎。”

“还有勇气广场大屠杀，”茉莉安补充道，“人们阻止他占领永泊镇，他就把他们都杀死了。”

昂斯托得教授又点了点头，又粗粗地喘了口气：“是……这样的。但……那并不是……全部。”

教授慢悠悠地、有点儿费劲地从凳子上站了起来，骨头发出吱嘎吱嘎的声音。茉莉安听了不由得缩了缩身子。他拖着脚步，在满是灰尘的教室里一寸一寸地挪动——大概挪了十年吧，才挪到对面墙边的书架旁。

他从书架上拿出一本超级大超级厚的书，那本书简直要把这位奇龟教授坠翻了。茉莉安赶紧站起来跑过去帮忙，两人一起把书搬到了桌子上——砰的一声，书页里喷出一大团灰尘。

教授用他那学位袍的大袖子拂去了封面上厚厚的灰尘。茉莉安眯起眼睛，看了看上面的老式字体：

歧途，

舛误，

败笔，

畸变，

灾难：

奇迹能应用术简史

海明威·Q. 昂斯托得教授著

“简史，”茉莉安念道，“这是什么意思？”

“意思是……编辑过的。节略的。简短的。全部的……历史……无疑……需要……几十卷……才能写完。”

茉莉安听了这话，扬起眉毛，暗自感谢自己的幸运：幸亏教授只是写了部简史。

“我接到……安排……要督促你接受……全面的……关于你那些先辈的……历史教育……”昂斯托得教授停住了，灰尘呛得他一阵咳嗽。有那么一阵子，茉莉安简直担心自己得去跟助教报告，说老师才上了十分钟课就突然死了。不过还好，教授终于稳住了自己的肺，继续说了下去：“……使你全面而正确地……掌握奇迹锻工对我们……造成的一切灾难和……危险。”

茉莉安的心沉了下去。这些就是她要学的东西？以斯拉·斯考尔做过的所有坏事？

太乏味了吧。

她已经知道他是个“恶魔”了，何必还要读这么厚一本书来了解他的罪恶事迹？

昂斯托得教授用指尖敲着那部巨著的封面。“在接下来的……时间里……你要读完……第一章至……第三章。”他看了看自己的怀表，“你还有……三个……小时。”

在他慢慢地、慢慢地走出房间的时候，茉莉安郁闷地盯着《奇迹能应用术简史》的封面看了好一会儿，最终还是叹了口气，翻开了它。

第一章

重点罪行编年史

奇迹锻工布里兰斯·阿马德奥，及其前任

奇迹锻工邓·李，及其前任

奇迹锻工克里斯托波·富伦－邓纳姆，

及其前任……

“这些人都是谁啊？”茉莉安叫住了昂斯托得教授——他刚走到门口。

“嗯？”

朱庇特说过还有其他的奇迹锻工，但茉莉安从来不曾把他们当作真实存在的人。认识一个奇迹锻工就够让人发愁的了。“只是……呃，这个布里兰斯·阿马德奥现在在哪里呢？她是不是还——”

“已经死了。”

茉莉安心里的一块大石头落地了。

“你们这类人……已经都……死了，”昂斯托得教授继续说道，“如果没死……那么……”他眨巴着水汪汪的小眼睛看着茉莉安，长长地喘了口粗气，“……本来应该都……死掉的。”

茉莉安本来以为，不会有什么事比身为奇迹锻工更糟心了，但她错了。昂斯托得教授的书长篇累牍、事无巨细地记录了“她这类人”数百年来做过的恶事。恶魔，并非只有斯考尔一个。奇迹锻工的危险，也并非只是来自这种能源自身。据昂斯托得教授说，不是。

他在书里记录了一幅幅令人极其不快的画面：一群自私自利、有破坏性的权力至上的人，其追求享乐的生活方式得到了皇室家族和政府的支持，并且通过向穷人征税来聚敛钱财。据书中记载，奇迹锻工们几个世纪以来都靠榨取永泊镇人民的血汗钱为生，回馈给他们的，却是大大小小的痛苦与不公。

在还算得上“好”的时期，奇迹锻工都是放纵任性的怪人，滥用手中特权，大建奇迹能形象工程，给人们带来的不便多之又多，益处却少得可怜。比如德西玛·可可罗就调用了公共基金和资源，建造了一幢完全由水构成的奇迹能摩天大楼，不但所费不赀，而且愚蠢危险，直接导致数人溺亡，最后只得一关了之。又比如欧德贝·杰米蒂，只是为了建一座探险公园，就拆了贫民区的一整幢房子，可建成之后却用他自己的名字命名，不让任何人进去游玩。

而在最糟糕的时期，奇迹锻工则都是危险的暴君，利用自己的权力欺压他人，搜刮财富，巩固地位。以斯拉·斯考尔自然不用说了，是个独裁的暴君，往前推一百年，格雷斯·葛柏丽曾下令囚禁所有的元奇迹动物和辅奇迹动物，而她本人最后被一只奇蝎暗杀了。还有六百年前的弗雷·亨利克森，他引发了永泊镇大火，半个城镇付之一炬，数千人葬身火海。

茉莉安这才发觉，朱庇特搞错了。一种不快而沉重的感觉卡在了她的胸口。他怎么会错得这么离谱呢？

奇迹锻工真的很可怕。每一个都很可怕。

悲惨的三小时之后，昂斯托得教授又以蜗牛般的速度蹒跚着回到了讲台前。茉莉安已经提前读完了他指定的章节，最后二十分钟都用来盯着教室前面……郁郁沉思。

“跟我说说……你都……学到了什么。”

茉莉安沉闷而沮丧地复述了这三章的大意——几个世纪以来奇迹锻工的残忍和恣意，永远也无法弥补的过失。讲完后，她深深地叹了口气，低头看着自己的双手。

昂斯托得教授沉默了好久好久。当他再开口的时候，声音是那么疲惫——苍老且冰冷——仿佛他刚刚从死亡线上挣扎回来一般。

“你认为……我为什么……要选择这些内容……教给你呢？”

茉莉安抬头看着他，思考了一分钟。“为了让我知道奇迹锻工很危险？”昂斯托得教授没回答。茉莉安突然灵光一闪：“让我不要和他们一样！为了让我不犯同样的错误……”

她的声音低了下去，因为她注意到了教授那双小眼睛里闪烁着的睿智和沉静。他从椅子上慢悠悠地挪下来，拖拖拉拉地向她走去。“你认为……我会对你……有所期待？”

茉莉安迷糊了。比这世界上最糟的一批人更好些？那当然了。“呃……”

“更好……更优……”他往前倾了倾身子，敲了敲桌上那本《奇迹能应用术简史》的封面，哑着嗓子说，“……跟这些恶魔相比？”

“呃……唔，是啊。”茉莉安说，“我的意思是……难道你不希望这样吗？你肯定不希望我和他们一样……”

“你已经和他们……一样了，”昂斯托得教授提高了声调，呼吸也愈发急促、吃力，干瘪的嘴巴里飞出星星点点的唾沫，“你已经……是一个……恶魔了。我的职责……不是……拯救……你，而是让你明白……你是……无法拯救的。你们这一类……全都无法……”

茉莉安没听完后面的话。她从椅子上跳起来，冲出了教室，内心积满了愤怒和不快。她穿过七弯八绕的走廊，却不知道自己到底要去哪儿。反正，最后她出了傲立楼，沿着林间小路回到了傲立车站。

她瘫坐在一条木凳上，泪流满面地抬头看了看钟：家庭专列几个小时之后才会来呢。

好吧，她想，没有家庭专列。

没关系，她还有两条腿，以及一颗跳动的心脏。

片刻之后，茉莉安沿着树荫摇曳的车行道跑了起来，穿过奇迹社团大门，直奔伞轨车车站，手里紧紧握着她的伞。突然，朱庇特便条里的叮嘱在她的脑海中冒了出来，愧疚感轻轻地刺中了她。任何情况下，你都绝不能独自到奇团以外的地方去。说真的，很严肃。我相信你。

他想怎么严肃就怎么严肃吧，茉莉安一边苦涩地想着，一边把油布雨伞弯曲的伞柄挂在了伞轨车的缆索上。她现在什么都不在乎了。她只想回家。

当然，茉莉安冲回丢卡利翁大饭店的路只走了不到一半，肾上腺素带来的愤恨和鲁莽不平就渐渐褪去了，短暂的逃离唤回了她的意识——她意识到自己的念头有多可怕了。如果她此刻回到家里，比应该到家的时间提早了好几个小时，那么就得面对芬内斯塔、凯吉瑞和玛莎那铺天盖地的询问。他们肯定会把前因后果都告诉朱庇特。那样的话，朱庇特就不会再相信她了。

茉莉安有点儿慌，便在下一站码头站跳下了伞轨车，深吸了一口气。她现在不想回奇团。她有点儿承受不了。那么，只有一件事能做了：消磨时间，磨到不太可疑的钟点再回丢卡利翁大饭店。

鸠罗河边很冷，还有一股浓重的鱼腥味。不过从某种意义上说，独自漫步在渔船之间，听着渔民们拖拽渔网的声音，收音机里刺刺啦啦的音乐声，还是挺惬意的。一群比她年纪小很多的孩子，吵吵闹闹地把螃蟹放在水桶里煮，轮流给桶底的火扇风。

离泥泞的河边越近，茉莉安就觉得越冷。但海鸥鸣叫的声音、河水拍打岸边的声音，都令人心旷神怡。不久，她就觉得那股让自己伤心的心烦意乱平息了，变成了一种尚可压制的苦涩和翻腾涌动的怨气。

一切都糟透了。

她一边沿着河岸走，一边踢着脚下的小石子。“昂斯托得糟透了，奇迹锻工的历史糟透了，奇迹锻工糟透了，迪尔伯恩糟透了，奇迹社团糟透了。”

但是欢悦小姐挺好的，她脑袋里理智的那部分说道，家庭专列也还不错。

“哦，快闭嘴吧。”她对自己说。

茉莉安一直沉浸在生气的情绪里，没注意到自己已经走得太远了，远超过她的本意。空气更凉了，而且回头一看，河水竟然已经涨得如此之高，让她吓了一跳。她转身想要回去，却突然听到了不该出现在这儿的声音：

吱——嘎，咔嗒咔嗒，咔嗒咔嗒。

她不想去看。在永泊镇，有些东西是你绝不想看到的。茉莉安比任何人都明白这一点。可她忍不住。

吱——嘎，咔嗒咔嗒，咔嗒咔嗒。咔咔咔咔。

她慢慢地把头转向一侧。眼前的一幕，或许是她所见过的最奇怪、最诡异的景象。鸠罗河泥泞的河床上，耸起了一尊骨头搭成的塑像——它并不是一副骷髅，不是按解剖学或某种规律组合的。

而是由埋在淤泥里的沉睡了很久的骨骼，就这样拼凑起来的。

最最骇人的，是它盯着茉莉安的样子。

仿佛想向她要什么东西。

茉莉安不想等待揭晓答案。她的心跳倏地加速，她埋头猛冲，沿着河岸往回跑——这时河水已经扑向她的脚踝了。她一路跑上水泥台阶，穿过码头，气喘吁吁地朝着伞轨车车站跑去。

“你要小心点儿，姑娘。”一个渔夫站在甲板上，粗声粗气地冲着她喊道。他紧张地朝着她跑来的方向望了望。“这儿有些危险的东西，现在可要跟着你一块儿回家啦。就是这么回事儿！”

茉莉安不愿意跟他争辩。她就不该来。朱庇特让她不要独自离开奇团，肯定是有原因的。他信任她，可她却打破了约定，吓得差点儿没了命。这就是犯傻的代价。她可永远也不想把这事儿告诉她的资助人。

如果够幸运的话，茉莉安想，她返回傲立车站时还能赶上家庭专列，谁也不会知道她溜出去了。她伸出手，用伞柄钩住了伞轨车，飞驰起来。返回奇团的路，又长又凄凉。她控制不住地颤抖个不停。

7

拉钩约定

星期五晚上，茉莉安终于穿过员工通道的那扇黑色双开门，走进了丢卡利翁大饭店的大堂。她又冷又累，浑身湿透，而且快饿晕了。

这简直是她这辈子最糟糕的一个星期，最糟糕的一个周末。

这一星期，每一天都要上昂斯托得教授的课，每一节课都比前一节更让人糟心。这一星期，她眼睁睁地看着团队中的其他人比较着日程表，看看哪里重叠，哪里不同，眼睁睁地看着他们在迷宫般的傲立楼地下几层楼里穿梭，期待着下一节精彩的课程。

这一星期，她听着萨蒂亚赞颂她的摔跤教练——一位名叫布鲁特斯·布朗的奇熊，曾经连续二十七次夺得穴间摔跤冠军赛的桂冠。她听着阿占在顺手牵羊理论课上的滑稽事迹——其中还有一次偷天盗影大师讲座，主讲人是史上最了不起的梁上艺术家亨利克·冯·海德。这一星期，她忍受着来自团队成员接连不停的兴奋雀跃，包括僵尸方言课、监测技术课、江河冲浪课、热气球驾驶课、毒蛇饲养课，以及其他几十种茉莉安特别特别想学的课程。

但最糟的是，她竟然开始嫉妒自己最好的朋友了。

茉莉安只有一门没意思的课，霍桑和她一样吃惊。对他有什么不好的情绪，是不对的，是不厚道的，因为这也不是霍桑的错啊。

星期三下午，霍桑邀请茉莉安到地下五层去观摩他的驭龙骑术课。他觉得或许这样能让她高兴起来，却没想到起了反作用。茉莉安看着自己的朋友骑在龙背上，在地下体育馆上下翻飞，脸上带着纯粹的喜悦。那神情证明，他正在做的事，就是他天生该做的，他所处的位置，就是他应该待的……

茉莉安知道自己应该为霍桑高兴，事实上她也的确为他开心。但嫉妒就像一头猛兽，一头难以控制的饿狼。它潜伏在她内心深处，嚎叫了整整一个星期。

然后，作为这悲惨一星期的结尾，昂斯托得教授让她写一篇三千字的论文，题目为“奇迹锻工欧德贝·杰米蒂建造杰米蒂公园的直接影响与后果”——写不完就不准离开教室。她花了好几个小时才写完，于是没赶上吃午餐，也没赶上家庭专列。

茉莉安在站台上等着欢悦小姐折回来接她。站台上的人渐渐走光了，太阳要落下去了，幽鸣森林也越来越暗，令人焦心。茉莉安慌了。她知道一个星期内两次打破和朱庇特的约定实在不像话，可她也不能一个人干站着，等事情变得更加不可收拾啊。

雨下起来的时候，茉莉安放弃了，决定不等欢悦小姐了。她自己乘伞轨车和奇迹枢纽回了家。

她只希望丢卡利翁大饭店的人们不会告诉朱庇特。或许，等朱庇特回来时，他们早就把这事儿忘了——这至少算得上他老不在家的一个好处。

星期一的时候，朱庇特从探险家联盟送来了一张便条，说他回家的时间“尚不确定”（只有一个“尚不确定”！显然这就够了，用不着其他解释）。所以，整整一个星期，她每天晚上回家的时候都抱着希望，想跟她的资助人谈谈，可每一次跑到服务台去问凯吉瑞时，只能失望地收获对方歉意的摇头。

回家路漫漫，还淋着雨，茉莉安遐想着丢卡利翁大饭店厨房里那些她所钟爱的菜色：一碗碗热气腾腾的鸡肉饺子汤，黏稠的烤奶酪，刚出炉还很烫的硬皮面包，香米布丁配蜂蜜煎梨，堆起来能有一英尺高的乳酪煎饼，上面还涂着糖浆……啊，还有司康饼！如果此刻可以拥有一块丢卡利翁出品的完美司康饼，她愿意付出任何代价！

肚子咕咕叫，脸上阴沉沉，茉莉安推开大饭店的后门，来到了活力四射的大堂。这儿铺着黑白相间的大理石地板，摆着盆栽，奢华的家具上装点着粉色天鹅绒……当然，还有她最喜欢的那盏巨大的、虹光晶莹的黑色鸟形吊灯。它像往常一样，张开翅膀，缓缓地、轻轻地上下浮动，悬在空中。

“茉莉安小姐，你回来了！”玛莎的声音响彻大堂。她把茉莉安紧紧地搂在温暖的怀里，凯吉瑞也从服务台后面冲了过来，拍着双手，仿佛迎接的是一位刚刚从战场凯旋的战士。茉莉安叹了口气，放心了：这里是世界上唯一一个不把她当恶魔的地方（至少，目前还不是）。

“你可回来了，孩子！你的列车长刚走。她说她赶回傲立车站接你，却怎么都找不到你了。那可怜的小姑娘急坏了。”

玛莎吸了口气：“喂，凯吉瑞，快快，派个人去告诉她，说茉莉安安全到家了。”

“你说得对，玛莎。”凯吉瑞自己穿过大堂，径直出了门，跑进了雨里。

“她回来啦！”司机查理从螺旋楼梯上跳下来，兴奋地跑了过来。“我早跟他们说了，你很聪明，能自己回家，可他们就是不听。你肯定很高兴吧？因为今天是周末。弗兰克今晚要办一场床垫滑楼梯比赛，你回来得刚好，报名吧？我帮你写下名字，怎么样？”

“好啊。”茉莉安咧开嘴笑了。“床垫滑楼梯比赛”是她今天听过的最好的事了。她在奇团度过的糟糕的第一个星期即将化为回忆。她已经到家了。

“你的小手冻僵了！”玛莎一边替茉莉安脱掉黑外套一边嚷嚷着，“哦，全身都湿透了！可怜的小朋友！我得领你去洗个热水澡！你想来些绿色的苔藓花泡泡搓一搓皮肤吗？还是……哦，我还有些会演奏古典音乐的香槟泡泡。”

“等一下，玛莎。”凯吉瑞通知了欢悦小姐之后回来了，他拂掉粉色夹克上的雨水，说，“她不能去……”

“那些泡泡不含酒精。”玛莎说。

“不是因为那个。这女孩儿真是抢手的香饽饽。”他递给茉莉安一张叠起来的小纸条，上面写着：

马上到书房来见我。

朱庇特·诺斯

“他回来了？”茉莉安问。安慰和开心涌上心头，但很快又被不快赶走了——在她这辈子最糟糕的一个星期里，朱庇特竟然不在，导致了各种不便，真是让人生气。他肯定会听说那些事的。

“十分钟前刚回来，”凯吉瑞说，“和你一样满面愁容啊。看来你们俩这星期过得都不怎么好。”

茉莉安咬着嘴唇，突然不安起来：“他，呃……他有没有跟欢悦小姐聊过什么……或者……”

“没有！幸好你及时到家了！我当时可焦心了，以为得跟他说你失踪了！天哪！他肯定会把我从房顶上扔下去！”

茉莉安低低地吁了口气，略略放心了。她瞥了一眼通向厨房的走廊，说道：“好的，好的，我先去拿点儿……”

凯吉瑞又递给她一张纸条：

我这儿有吃的。

朱庇特·诺斯

“你可来了！”书房的门一开，茉莉安和朱庇特就同时嚷嚷起来。他们大笑起来，抱了抱，然后茉莉安就径直走向了壁炉边的小桌子。桌上放着托盘，托盘里全是美味：茶、牛奶和方糖，黄油和厚切面包，肥猪肉香肠配炸洋葱和山葵，掰成小块的巧克力，还有，天哪，还有……

“司康饼！”茉莉安咆哮着，一屁股倒在皮质扶手椅里，使劲儿地闻着——饼还热着，焦黄色，烤得很完美。四周摆着一圈小碟子，里面分别盛着浓缩奶油、蜂蜜、柠檬炼乳，还有两种果酱。要不是忙着大快朵颐，茉莉安简直能为这只奇迹般的托盘写上一篇诗歌。

芬内斯塔在壁炉前的毯子上躺着，轻轻地打着呼噜，半个屋子都能听见。尽管她也很喜欢在员工餐厅里的长餐桌和厨房里的炉灶顶上打盹儿，但朱庇特的书房是她的至爱。茉莉安踢掉靴子，想把湿漉漉、冷冰冰的脚伸到炉边烤干。有那么一瞬间，她真想把脚丫子搭在小芬那软乎乎、毛茸茸的背上——真是种诱惑！可是，这华姿猫仿佛能读懂她的心思，睁开一只琥珀色的眼睛瞪着她。

“想都别想。”小芬嘟哝着，伸了个懒腰，抓了抓毯子，翻身又睡着了，粉色的舌尖从牙缝里钻了出来。

“那么，”朱庇特在另一张扶手椅上坐下，问道，“第一个星期过得怎么样？”

“太可怕了。”茉莉安正往半个司康饼上涂满蓝莓酱，果酱黏黏糊糊地淌到了她的手上。她连忙舔了舔，饿得什么餐桌礼仪都顾不上了。“真的可怕。你去哪儿了？”

“真对不起，小茉，我带着人去探险了。”他叹了口气，两只手搓了搓脸，“失败的探险。本来用不着这么久的，可是……好吧，对不起啊。”

“什么探险啊？”

“顶级机密。”

茉莉安不高兴地垮着脸，不过她嘴里塞满了司康饼，没法儿表达反对意见。

“真希望我能陪你一起度过这可怕的一星期。”朱庇特说。茉莉安明知道他这是在转换话题，却也默默地随他去了。

“你之前怎么没告诉我会有多可怕呢？”她质问道。

“我太粗心了，”他没反驳，给她倒了杯茶，“咱们现在说的是哪种‘可怕’呢？让我明白明白啊。”

“最……可怕的。”茉莉安含糊不清地嘀咕道。她把嘴里的美味咽下去，又说了一遍：“最可怕的。不对，各种各样的可怕。”

“说来听听。”

如果想跟他说说在码头上遇见的恐怖一幕，那么现在正是时候。可是……想说的事情太多太多了。而且他好不容易回家了，她正开心，说那些破坏彼此信任的事似乎不太好。

“我想想，”茉莉安把内疚暂且甩到脑后，继续说道，“那种可怕就是，团队里的其他人都能享受美好的时光，学习奇异有趣的东西，我却不行。那种可怕就是，列车长原本计划让我上的课，全被助教否决了。我只有一门课，只有一位老师，这老师还是世界上最无聊的人，而且很刻薄，他——”

“等等，你刚才说什么来着？”朱庇特似乎突然严肃警觉起来。他顿住了，正要往嘴边送的茶杯停在了半空。

茉莉安叹了口气：“我知道我不应该说老师无聊，但是说真的，朱庇特，如果你见到他——”

“不，不是这句。是助教怎么着？”他眉头紧锁，“她不同意你的日程表？”

“对。因为她讨厌我，而且还说欢悦小姐想把我变成大规模杀伤性武器。”茉莉安翻了翻眼睛，把猪肉香肠夹在面包里，抹上辛辣的山葵，“她只准我上一门课，昂斯托得教授的‘奇迹能滥用之罪恶史’。结果所谓的上课就是让我读他写的那本大傻书，说所有奇迹锻工都是恶魔什么的。他还给我留了一大堆家庭作业，作业就是继续读继续读，我实在是……”

“什么书？”朱庇特问。

茉莉安努力地回忆着书名。她咬了一口面包香肠，被山葵辣出了眼泪，这刚好给了她思考的时间。“歧途，舛误……呃，败笔……之类的……以及灾难：奇迹能应用术简史。哎哟，太可怕了！”

“唔，”朱庇特做了个鬼脸，“的确不怎么让人愉快。”

“我记得去年，你说过……”她突然不那么确定了，犹犹豫豫地说，“你说过，奇迹锻工曾经也是好人，帮别人实现心愿，那……”

“嗯？”

“唔，我只是在想，”茉莉安不知道该怎样委婉地表达，所以就直截了当地说，“你确定自己没说错吗？”

朱庇特笑了：“非常确定。”

“是吗？”她追问道，“可是我已经读了十二章，到目前为止，读到的那些都很可怕。”

他盯着她看了一会儿。“跟我说说，老昂斯托得的书里都有哪些奇迹锻工啊。”

茉莉安抬眼望着天花板，在记忆中搜索着。

“好吧，有玛蒂尔德·拉辰斯，”她掰着手指数着，“拉斯塔班·塔拉兹，格雷斯·葛柏丽，德西玛·可可罗……”

“这个名字听着挺耳熟，”朱庇特说，“讲讲这个可可罗吧。”

“好吧……这个人喜欢建造楼房工程什么的，但最后都出了岔子。说实话，我感觉她有点儿蠢。”朱庇特扬起眉毛，不过没说什么。“怎么了？她就是很蠢啊！书里有整整一章写她用水建造高塔——我是说，是水，真的水！这当然只能归于‘失败’啊！”

“你们俩才真失败呢！”芬内斯塔说着伸了个懒腰，用毛蓬蓬的大爪子抓了抓耳朵后面，“没看见我要睡觉吗？”

“看见了，看见你在这儿没少睡，”朱庇特不高兴地看了她一眼，“地上的猫毛都要比毯子厚了。”

“你不知道华姿猫的毛很值钱吗？”小芬慢悠悠地说道。她把脑袋往地上拱了拱，又蹭掉了几绺毛。“把这些毛卖给贵族，你就发财了。”

“毛只有长在你身上才值钱，芬内斯塔。我估计你不会喜欢脱毛过程的。而且那些人想要的是幼崽的华丽皮毛，你已经太老了，毛都没光泽了。”芬内斯塔睁开惺忪的睡眼，冲着他呲呲龇牙。朱庇特笑了，不过随即就沉下脸来：“哦，说到这个……你那儿有信儿了吗？”

芬内斯塔叹了口气：“还没有。我们已经放出了消息，寻常的地方都找遍了，寻常的嫌犯也都惊动了。希望他是个聪明的小家伙，能自己找到藏身之所。”

茉莉安坐直了身子：“你们说的是布兰布尔教授那只失踪的华姿猫吗？会有人因为他的皮毛把他偷走？太可怕了！”

“可能只是自己跑丢了，”小芬懒洋洋地四脚朝天又躺下了，“坦白地说，他干得不错，‘布兰布尔’这名字听着就叫人生厌。”

“欢悦小姐说，布兰布尔教授丢了猫可忧心了。”茉莉安想起了那天在阶梯教室里看到的人猫情深，“她好像真的很喜欢他呀，还把他装在漂亮的篮子里，去哪儿都带着……”

“漂亮的篮子？”小芬轻蔑地瞪了她一眼，“华姿猫又不是家猫。”

茱莉安没说话，却饶有意味地看了看芬内斯塔，看了看毯子，又看了看壁炉。这只“不是家猫”的华姿猫，可真懂享受。

朱庇特晃了晃茶杯，抿了一口，盯着壁炉出神：“永泊镇的大街小巷可不是幼崽该待的地方，小芬。”

“你以为我不知道吗？”小芬气哼哼地说，“我的人会处理的，好吗？我们会找到他的，打住吧。”

“你的人？”茱莉安问，“你的人都是谁？”

华姿猫瞥了她一眼，就转过身去，干干脆脆地结束了对话。茱莉安望着她庞大的背影，怀疑自己到底能不能了解芬内斯塔的世界，及其深处的种种惊奇。去年得知小芬是笼中斗兽终极赛冠军，那种震惊让她直到现在还迷茫不已。

茱莉安放弃了追问小芬，转而继续追问朱庇特：“还有人失踪了。帕克西姆·勒克。这事你知道吗？”

“嗯。”朱庇特流露出谨慎的神情。茱莉安立刻就明白，有些事他不能说——或者是，不想说。

“哦！怪不得你好几天都不在家！”她在扶手椅里弹上弹下，“就是因为这个，对不对？你去找帕克西姆·勒克了！”

他过了好一阵子才回答，似乎在思考答案。“不是。我去找卡希尔了。今天才从长老们那儿听说老帕的事。”

“所以他们希望你帮忙调查？”

“我不能聊这个，小茉。这会有损于长老们对我的信任。”

“那你觉得这些事情之间有关联吗？”她步步逼近。

“还不能确定。不过说实话，我觉得有。”他清了清喉咙，“反正，继续说吧——可可罗用水建造的高塔。我都听得入迷了。”

“哎哟，那个啊。”茉莉安做了个鬼脸。

“是谁把它分到‘败笔’那一类的？”

“唔，是奇迹能应用行为分类委员会。”她叹了口气，“他们来决定奇迹锻工做的坏事是哪一类，比如‘歧途’和‘舛误’，更糟的是‘败笔’和‘畸变’，最最糟糕的就是‘灾难’了。瀑布高塔就属于‘败笔’，接近‘畸变’。因为只要有人试图走进大门，就会被水冲走，或是淋个透湿，而且高塔里面什么都没有，因为全是水，太湿了。所以……唉……”茉莉安耸了耸肩，总结道，“可可罗真是有点儿傻。”

“但不怎么邪恶？”朱庇特问。

茉莉安一边思考，一边往另外半块司康饼上抹黄油：“可能算不上邪恶。但真的很蠢。”

“还有谁？”他用胳膊肘撑着身子往前凑了凑，用手挡住了笑意。

“还有欧德贝·杰米蒂，他建了一座探险公园。”

他鼓励地点点头：“继续说。”

“但那的确是个彻底的失败项目啊。”茉莉安翻了翻眼睛说，“开张那天，一大群游客和记者都等着进去，大家在门外看见过山车和水滑梯，兴奋极了。可杰米蒂根本没露面，公园的大门也没打开，谁也进不去。”

茉莉安挺不愿意跟昂斯托得教授想法一致的，可说真的，想起这一出就生气啊。一座谁也进不去的探险公园！虽然她并没有去过探险公园，但她完全能想象得出那有多好玩儿。只能眼睁睁地看着那些美妙的游乐设施和景点，却永远也不能游玩欣赏，多让人沮丧啊！“所以，这个杰米蒂也有点儿蠢，有点儿自私，而且……怎么了？”

朱庇特绷紧了下巴，显然是正在努力忍住他真正想说的话。“我只是……”他开口了，然后停下来，喘了口气。

“你看，我也没有什么证据，但我猜，昂斯托得教授教给你的或许是……”他顿了顿，搜寻着合适的词，“……视角偏颇的奇迹锻工历史。我得跟你的助教谈谈这个事儿，还有你的日程表。”他低声咕哝道，有些急躁。

“可是，那本关于奇迹锻工的书，的的确确就是昂斯托得教授写的呀——封面上有他的名字！还有谁比他更了解奇迹锻工？你见过吗？”

朱庇特挠了挠脖颈。“是的，没有。但是，奇迹锻工的历史可以追溯至数百年，甚至上千年前。他们不可能一直都是坏的，不是吗？不可能在这么长时间里都是邪恶的。”

茉莉安往椅子里一倒，沮丧地拧着眉毛：“那你这只能算是猜的。”

“是啊。”朱庇特叹了口气，一只手伸进金色的长头发里抓了抓，“的确有些狡诈的奇迹锻工，小茉，这一点我承认。其中就有以斯拉·斯考尔。很多奇迹锻工的历史已经遗失了，而存留下来的那些——人们长长久久地记住的那些——往往正是最糟糕的。的确有些事情是我们无法确定的。我知道昂斯托得教授是少数还在世的、记得奇迹锻工全盛时期种种生活的人，我也不愿意评论他的教学方法——身为社团成员，他的确受人尊敬——但我不相信他看到的是历史的全貌。我也不相信事物是非黑即白的。”

“但是你不能完全确定啊。”

“昂斯托得教授也不能完全确定，小茉！他并没有全程在现场见证一切。”朱庇特的声音里流露出一种绝望的语气，听起来就像是一个人知道自己的听众正在渐渐远离。“永泊镇是奇迹锻工历经数个世纪创造出来的。我不相信他们全都是邪恶的或无用的。毕竟永泊镇现在还在这里。它仍然是无名之域最伟大的城镇。在这个从无到有的建造过程中，肯定有一些奇迹锻工是好的。”

茉莉安觉得自己的心沉到底了。“肯定有一些。”她听着壁炉里噼啪燃烧的炭火和小芬软乎乎的呼噜声，略略想了想这些话里暗含的不确定性。她能感觉到朱庇特的目光正掠过茶杯边缘，落在自己身上。

“所以，”她终于说道，“去年，你说奇迹锻工曾经是好人……说他们受人尊敬……还有别的那些……”她摇摇头，盯着地板，“其实并不是你所知道的。”

“小茉，听我说。我确实知道，奇迹锻工可以是善良的。”他往前倾了倾身子，用严肃而锐利的目光望着她，“我知道这个，是因为我认识你。你是奇迹锻工。你是善良的。我用不着别的证据来证明。”

茉莉安抿了口茶，真希望自己也有同感。

第二天早上，朱庇特又出门了。

“这次又是谁找他啊，瑞瑞？”茉莉安问。门房凯吉瑞因为要通知大家朱庇特不在，正忙得脚不沾地。

“哦，是探险家联盟那些自命不凡的小暴发户，”凯吉瑞说，“他们不会给他片刻清净的。哎哟——手别放在桌子上好吗，小姐，我才刚擦完呀。”

“对不起。”茉莉安停下了，她原本用手指头在擦得锃亮的服务台桌面上正画哭脸来着。她叹了口气，颓然走开了。

她觉得，要是自己因为他去帮忙搜寻失踪人员而抱怨连连，那就太自私了。可她还是有点儿难受。毕竟他就回来了那么一小会儿，她还没把想告诉他的那些话说出来呢。她还没有聊聊那扇神秘的门、919 车站，还有可爱的欢悦小姐。她还想问问朱庇特属于哪个学院，是凡尘还是奥术（她猜应该是奥术）。还有，为什么她会被分到凡尘学院呢？奇迹锻工到底平凡在哪儿啊？

茉莉安在热闹大堂里的粉色天鹅绒小沙发上坐下，仰头望着那盏黑色的鸟形吊灯，眼前一晃，突然冒出张毛茸茸的大脸来。这蓬蓬的胡子，气哼哼的、琥珀色的眼睛……

“小芬！”她嚷嚷着，捂住胸口，一下子坐直了，“别这样！你差点儿吓死我！”

“很好！”灰色的大猫皱着眉说，“要是你吓死了，我也就用不着在我们古怪的老板心血来潮时充当卑微的送信人了，好像我就没有更好的事儿能做似的。”

茉莉安摇摇头：“你在说什么啊？”

“他让我给你捎个信，”小芬咆哮道，“他说他要去找证据。他说他不需要证据，但你需要。所以不管要花多久时间，他都要去找。”

小芬顿了顿，似乎在犹豫着要不要把后半段口信也讲出来。

最后，她还是叹了口气，翻了个白眼说：“他说他跟你拉钩约定，死也不变。”

小芬无声无息地走开了，或许是想去漱漱口吧。茉莉安倚在靠垫上，望着头顶的吊灯无声地挥动翅膀，沿着既定的路线飘动，将灯光投射到地板上。她的心情明朗了些，但只有一点点。

8

即时地图

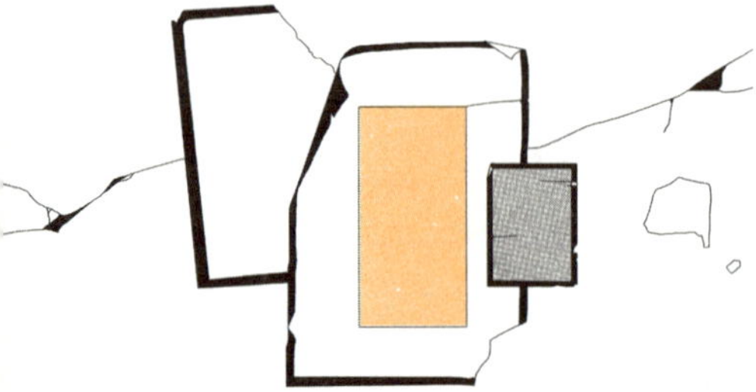

“你那位资助人挺好的，是不是？”

星期一早上，茉莉安一踏上家庭专列，欢悦小姐的嘴巴就咧到了耳朵根。她举起一张日程表，开心地晃了晃。

茉莉安接过来，挨着霍桑在旧沙发上坐下了。日程表上除了昂斯托得教授那令人郁闷、每天都得上的课，还另加上了新的课程，每星期一、三、五下午都有。

“解码永泊镇：如何在自由邦最危险奇诡之地自如穿行。”她大声念道。

霍桑凑过来看了一眼：“我也有这门课！亨利·米尔德梅的解码永泊镇！在地下三层实践学科系的地图室上课。很棒。”

“我也上这门课。”车厢角落里的安娜伊说道，听起来没有霍桑那么开心。大家纷纷比较起日程表来，纸页翻得沙沙作响。

“是呀，你们要一起解码永泊镇了！”欢悦小姐高兴地拍了拍手。“今天早上，迪尔伯恩女士跟我说，她认为你们九个人要是想‘物尽其用’，就都需要学着在这个城镇里穿行。”她的眼睛微微一睁，“所以你们整个团队终于可以一起上同一门课了。是不是特别棒？”

就四周的种种表情来看，显然并不是“特别棒”。弗朗西斯和马希尔死死地盯着地板不抬头，萨蒂亚则明明白白地露出了惊恐的神情。

安娜伊在往返919车站这么点儿路途中，也总要选离茉莉安最远的位子坐，似乎一想到还要跟可怕的奇迹锻工在同一个空间里待着，就已经吓得六神无主了。

但这些全都打击不到茉莉安。她总算有了第二门课，这门课不是关于奇迹锻工有多邪恶的，而且还有霍桑和她一起上。总归是个好的开始。

到达傲立车站时，茉莉安故意落在最后，在家庭专列上多待了一会儿。

“谢谢你，”她指了指自己的日程表，对欢悦小姐说，“真的谢谢你。”

列车长冲她挤了挤眼睛。“去谢那位大胡子奇人吧。我也不知道诺斯队长和助教说了些什么，但这件事肯定得归功于他。”

这天下午，作为刚刚调整过日程表的919团成员，茉莉安第一次来到地图室上课。她推开那扇光滑厚重的木门，走进一间带有圆形屋顶的圆形大屋子，心脏猛地一跳。这里真是名副其实——屋里所有的平面上都铺着挂着地图。圆屋顶本身也绘成了深蓝色的夜空天象图，每一个闪烁的星座都标着名字：舞者阿萨夫座、小吉他座、克雷格座、失眠哈欠人座……

沿着弯曲的墙壁，茉莉安的指尖拂过高原地区的起伏地势，轻触泽芙林地长着刺的小树，穿过黑山崖轻柔拍打的波浪。意料之外的触感让她猛然缩回了手——地图上的海洋竟然是湿漉漉的。茉莉安把手指放在唇边舔了舔：咸的。

但和重头戏相比，这些都只算得上热身。这间庞大的屋子正中间，被一组形状不规则的结构占据，上面覆盖着的东西乍一看有点儿像娃娃屋，四周环绕着玻璃铺设的高架走道。茉莉安爬了三级台阶，扶着栏杆细看：这真是她见所未见、最最奇特的地图。

是永泊镇。完完整整的永泊镇，就这样精确地按比例缩小，呈现在她的面前。街巷弯弯绕绕，两侧是精心建造的商铺和房舍，一丛丛绿荫点缀其间，满溢的鸠罗河蜿蜒穿过城镇的中心。

茉莉安倚在玻璃走道的栏杆上，竟然看见街上的那些小人儿在动！他们只有一英寸高，有的在公园里骑自行车，有的拎着购物袋挂在伞轨车上，在环镇轨道上飞驰。一群群的海鸥聚在码头上，小船沿着鸠罗河航行。镇子的南边，有大片乌云盘旋在天空，蒙蒙细雨洒落在大街小巷。茉莉安看见地图上的那些小人儿纷纷撑起了雨伞，或是急匆匆地找地方躲雨。

这就是一个完美的缩小版的永泊镇，所有细节都是活的。它并不是个城镇模型或娃娃屋……而是一个活生生的、三维立体的即时城镇。

“情况怎么样？还下雨吗？”

茉莉安吓了一跳。她转过身，看见一个年轻男人冲进了地图室。他有一双蓝莹莹的眼睛，脸颊红扑扑的，衬衫半敞着。他把书包扔在地上，跨上台阶，沿着走道来到茉莉安旁边，倚着玻璃栏杆，热切地凝视着那座微缩城镇。金棕色的刘海儿垂到眼前，他把它拂开了。

“太美了，不是吗？”他说，“你可曾见过这么美的东西？”

“没有。”茉莉安承认道。

“我是亨利，”年轻男人伸出手，跟茉莉安握了握，“也可以叫我米尔德梅先生。天呢，听起来有点儿奇怪。或许只叫‘米尔德梅’就好。嗯，好多了，是吧？更轻松些。哦，这是我的第一门课。”他注意到茉莉安满脸疑惑，却又礼貌地不好意思问，于是解释道：“我是新老师，去年才读完高级学员的课程毕业。你可得多多担待啊，怎么样？”

茉莉安笑了：“这也是我的第一门课。好吧，其实是第二门了。”

“好极了，我们可以一起蒙混过关。”茉莉安很喜欢米尔德梅这种诚恳、友好的语气，他时髦的腔调（上流社会的）也因此减少了些锋芒。“你就是……克罗小姐，是吧？”

“是的。”茉莉安谨慎地说道。她不清楚他知不知道自己是什么人。就算知道，他也没表现出来。

“好极了，”他又说，“我已经记住你的名字和你的模样了。还有没有人想一起来啊？”他拿着一张纸看了看。“这上面说你们整个团队都要上这门课。人呢？没有全都旷课吧？”他会意地朝着茉莉安咧嘴一笑：“也许那个穆加特罗伊德老太太把他们吓着了。”

茉莉安不知道该说什么。她从来没见过这样……不像老师的老师。

门开了，萨蒂亚迈着大步走进了地图室，安娜伊一路小跑，跟在她后面。

“就让我看一眼，萨蒂亚。”安娜伊一边说，一边举着一块湿布，望着高个子女孩儿的脸瞅来瞅去，“真的很吓人啊。你肯定也不想感染吧，嗯？”

“我都说了一百万次了，”红头发的萨蒂亚咬牙切齿，“我很好，别叨叨了！”

“你这人真可笑，”安娜伊摇着头，生气地说，“你在流血啊！我打赌欢悦小姐告诉过你——”

“没人问你。”萨蒂亚厉声回敬。她的额头上确实有个挺严重的伤口，正汩汩地流血。

“下午好啊，学员们。”米尔德梅眉头紧锁。茉莉安可以肯定，虽然他看上去一副严厉的样子，可其实并没有真的生气。“这是怎么回事？”

“没什么，先生。”萨蒂亚大喇喇地直视着他，挑衅似的高扬着下巴，活像一头公牛。

米尔德梅的嘴巴抿成了一条线，仿佛正在憋笑。“那好吧。其他人呢？”

茉莉安很惊讶。他是真的不打算管她的伤了吗？安娜伊说得对，那的确很严重——萨蒂亚脸上的血一直往下淌，流成了一条小河。

“兰伯斯在水媒介感官剥夺舱做冥想。”安娜伊说。她抬头看着天花板，好像在背诵脑袋里的清单。她一眼也没往茉莉安这边看，而且躲得远远的。“弗朗西斯在菜园，学习辨认珍稀植物。霍桑正在参加消防演习。阿占在教学医院，为了更大的灵活度，他的手指要拆开重接。马希尔在——”

门又开了，霍桑大步流星地走了进来，还大声地说着什么。他身后跟着笑容满面的马希尔，然后是弗朗西斯和卡当斯，最后是兰伯斯——她落后几步，一脸迷茫，仿佛只是不小心闯入了地图室似的。

“啊，很好，”老师拍了拍手，“都到齐了，姑且算是。”茉莉安皱着眉头，数了数成员。显然并没有“都到齐”，阿占——还有他拆断了的手指——还没来呢。看来米尔德梅确实不太在意这些“细节”。

她开始渐渐理解迪尔伯恩女士所说的奇迹社团里的“成年人”是什么意思了。“没有人会握着你的小手，或是帮你擤擤鼻涕。”他们倒是挺乐意把“小手”拆断的。

“大家都到走道上来，快点儿。”米尔德梅先生说，“请你们看看这下面，然后告诉我都看到了什么。”

“是永泊镇！我能看见我家！”霍桑刚爬上玻璃走道，在茉莉安旁边站定，就立刻脱口而出。他眯起眼睛盯着地图看，身子探得老远，茉莉安不得不抓住他的衬衫，免得他一头栽下去，撞到那些小人儿。“等等！我看见我妈了！快看啊，茉莉安，那是她烫着卷发的脑袋，还有带彩虹图案的紫色套头衫。她今天早上穿的就是这件！这是……”

“几乎百分百还原的永泊镇及其居民微缩版即时地图。”米尔德梅说道，“好吧，基本上是同步的，有几个行政区会有几秒钟的延迟。我的意思是，这地图有些年头了，肯定会有那么一两处小故障。诸位，现在我们再深入些。仔细看看，看看这里究竟有什么。”

919 团的成员们困惑地看了看彼此，不过还是尽力集中精神，细细观察着面前的微缩城镇。

“是迷宫吗，教授？”弗朗西斯瞪着眼睛，望着混乱交错的大街小巷间道。

“完全正确！”米尔德梅说，“干得不错啊，菲茨威廉先生。不过，请简简单单地叫我‘米尔德梅’就好。我不是教授——你会发现，在奇团像我们这样的人很多。想获得教授资格需要坐得住、坐得久，这就没几个能做到了。当然，有耐心的人还是有的，比如凯普赛教授、德雷瑟教授（不过她显然更愿意被人直呼

‘莫莉’)，以及昂斯托得教授。我们其他人就只是热情的业余老师，愿意分享自己的专业知识而已。我本人就是奇地异境战队的一员，”他骄傲地说着，用手拨开挡住眼睛的刘海儿，“当我听说长老们正在物色人选，教你们在这奇异而美丽的城镇里走一走，我就跳起来，抓住机会，把我所知道的东西教给你们。所以，你们还看到了什么？尽管说啊，没有错误答案。阿玛拉小姐，你还跟得上吗？”

兰伯斯望着屋顶上闪闪发光的星座，和大家看的完全不是同一个方向。

“喂！”萨蒂亚大叫一声，在她面前挥了挥手。她立刻回过神来，用一种高傲、不满的表情盯着萨蒂亚。萨蒂亚微微有些瑟缩，放低了声音道：“我们应该看下面，不是看屋顶。”她指了指那幅永泊镇三维地图。

兰伯斯看着地图，皱着眉头，愣了好一会儿。

“怎么样？”米尔德梅鼓励道，“有什么想法？”

“有。”兰伯斯的目光掠过街巷、镇区，最后落在了海棠山上，她指了指一处繁忙的十字路口说，“车祸。”

米尔德梅眨了眨眼：“不是，我指的不是这种——”

他的话被小车轮的刺耳声音和愤怒的喇叭声打断了——两辆车撞在了一起。两个小驾驶员跳下车，挥舞着小拳头，路口一下子堵得水泄不通。

兰伯斯又抬起头看星星了，这次似乎轻松了许多。

“哦，”米尔德梅说，“好吧。那其他人呢？还有什么想法？”

“一个游戏——不不，是解谜游戏，”安娜伊看着老师，渴望得到表扬的神情一览无余，“让我们解谜的。”

“真棒！”他热情地冲着安娜伊笑了笑，后者也兴高采烈地回应着，“我当然很希望你们能为此努力，卡洛小姐，但是，正如没有人能了解永泊镇的全部历史，解开这道谜题的人估计也没有。要是你可以做到，那就请原谅我的惊呼吧。毫无疑问，你那外科手术般的精准思维肯定能完成这项任务。”安娜伊咯咯咯地笑起来，脸红了。“好吧，其他人都看到什么啦？”

“街道，建筑，广场，神庙。”萨蒂亚说道。她似乎觉得有些无聊，或是有点儿迷糊。

“繁华大都市！”马希尔嚷嚷道。

“繁华一团糟。”卡当斯咕哝道。

“很好。现在，我来说说吧。当我看着永泊镇时，我都看到了什么呢？”米尔德梅说。他低头看着这个小小的、热闹的城镇，内心的喜悦从眼睛里透了出来。“我看见了一头巨兽。一头美丽而可怕的巨兽。她用故事、历史和生命滋养我们所有人，并要求我们给予回报。经年累月，这头巨兽被那些愚蠢的、轻信的、脆弱的人喂胖了……她将他们咀嚼、吞噬、咽下，再也见不到了。”他把目光从地图上移开，转向孩子们，举起一根手指说：“但是……如果你愿意了解这头巨兽的行为、弱点和危险之处，那么她也是可以驯服的。我将我的一生献给驯服这头巨兽的事业，我爱她的每一根毫毛，就像爱我自己一样。如果你们想在永泊镇生活下去，发展成长，那么也必须这样做。”

茉莉安不知道驯服这样狂野的——呃，荒谬的——城镇到底有没有可能。她对此很是怀疑。

米尔德梅两只手拍着栏杆说：“好了，我们先从小事做起。”他指了指走道尽头的两张桌子，桌上有两只木碗，碗里装满了小纸条。“请你们每个人从两只碗里各拿一张纸条。第一张是你的起点，第二张是终点。”米尔德梅走到观景台的另一边，一拽链子，黑板就由上而下地展开了，上面写着两列互不相干的地名。“然后呢，请你们设计一条由 A 地到 B 地最简单的路线，并且写出详细的方案。但是注意，看到这两列了？”他指了指黑板，“第一列中的地点，必须出现在你的路线里；而第二列的，则不能出现。另外，记住，这是一趟地上旅程，不可以乘坐奇迹枢纽作弊。”他咧开嘴笑了。“听起来很简单，但做起来你们就会发现其实很复杂。你们有一个小时的时间。开始！”

茉莉安的第一张纸条上写着：危岩路，麻鸭 – 大鸨。第二张上面是：松鸡街，鸠罗河 – 骚塞码头。

这不仅是“复杂”，简直是要疯了，而且还得在玻璃走道和栈桥上来来回回地跑。每次茉莉安觉得自己的路线要成功了，就会发现七弯八绕里有段路要径直穿过德雷玛里斯监狱，或是永泊镇皇家剧院，或是第二列名单里其他不准出现的地点，于是就得往后退，想办法绕过去。

919团不断传来各种抱怨声、沮丧的叹气声，甚至还有几句嘀嘀咕咕的咒骂。计时快结束时，有不少人已经干脆放弃了。

“简直就不可能。”萨蒂亚嘟哝着，从地图那里走开，往凹凸不平的墙壁上一靠，却厌恶地叫了一声就弹开了。她这才发觉自己正好倚在墙壁上显示的第四穴艾伯丁海，套头衫都浸湿了。“永泊镇真是太荒谬了。”

然而，自从加入奇团以来，这是茉莉安头一次玩儿得如此尽兴。当其他成员因为路线行不通而轻易灰心的时候，她却感受到了另寻他路带来的满足。

“时间到！”米尔德梅喊道。一个小时就这么过去了。“干得好啊，诸位。我们下节课再来详细分析你们的功课。克罗小姐，你留一下。”他低着头，看着刚收上来的答题纸。霍桑在门口溜达了一会儿。“斯威夫特先生，你可以走了。”老师补了一句。

茉莉安慢吞吞地走近米尔德梅的书桌：“老师？”

“别紧张，我可不是要找你的麻烦，”他说，“正相反，你给我留下的印象太深刻了。你今天做得真不错。”他拿起她的那份路线图，不可思议地摇摇头：“简直完美。”

茉莉安觉得自己的脸上热乎乎的，她笑着说：“谢谢您。”

“你喜欢这门课吗？”

“喜欢！”她真诚而热切地说，“我以前从没上过这么有趣的课。”

“哦，有人喜欢就好了。”米尔德梅松了口气，把刘海儿从眼前拨开，“你对永泊镇很了解。这里确实是个奇怪的地方，但你对它的理解却很直接，像是凭直觉来的。显然，你是从小在这儿长大的，是吗？”

茉莉安犹豫了：“我……呃，不算是……”

去年，永泊镇警察局那个讨厌的福林罗克督察宣称她是偷渡来的（也没说错），自那以后，“遣送出境”的恐惧就一直盘桓在她的脑海里，而朱庇特也建议她不要提及自己的故乡。

但那是去年的事儿了。去年，茉莉安还不是奇迹社团的成员呢，还不能受到小小的金色W形别针的保护——而现在，别针就别在她的衣领上闪着光。现在，她已经是永泊镇最负盛名的社团的正式一员了，是否可以坦诚直言了呢？说她其实是在豺镇长大的，而豺镇正是冬洋国——永泊镇的敌人——的中心？说她在遇到朱庇特之前，甚至都没听说过永泊镇这个地方？自由邦七穴有着严格的边境法律，比严格更严格的保密条例，她的资助人却冒险将她带进来了。现在和盘托出，会不会将朱庇特置于险境？

茉莉安不知道。回头得问问朱庇特。她在心里默默地想道。

“不算是？”米尔德梅催促道。

“我是在永泊镇以外的地方长大的。”茉莉安承认了，但也仅此而已，“去年，为了参加奇迹社团的选拔赛，我才搬到这里的。”

米尔德梅似乎非常惊讶。“天哪，你才在这儿住了一年？看起来却像是永泊镇土生土长的孩子。这地方简直就是为你量身打造的。”

茉莉安整张脸都亮了，内心深处仿佛有什么东西在发光。这正是永泊镇给她的感觉！好像这里就是属于她的！听到别人这样毫无偏见地说出来，她激动极了——甚至有点儿尴尬。

“如果你想在课外时间来这儿看看即时地图，那我很欢迎。”米尔德梅说，“我也这样。一直都是，还是学员的时候就常常来看。”他凝视着微缩版的永泊镇，目光里带着明显的爱意。“我在你这个年纪时，是很孤独的。团队里的其他成员都认为地图测绘是很无聊的心法。我们团队里有很多白袖子成员，其中有两个巫师，蒂尔达·格林是卜火预言师，苏珊·吉丽能跟水对话……”

茉莉安扬起眉毛：“跟水对话？”

“……而他们也确实觉得我跟他们不是一伙儿的。有时候，我会来这儿坐坐，一待就是几个小时。我看着这些小小的列车载着小小的人儿，回到他们小小的家，看着夜幕降临，整个镇子次第亮起灯光。”他不好意思地咧嘴笑了，“挺矫情的，我知道。但我觉得这很有意思。”

“我也觉得我的团队不喜欢我。”茉莉安承认道。她有点儿惊讶。她并没打算说出这样的话，却就这样脱口而出了。“我是说……除了霍桑之外的人。”

“为什么，你的心法也很无聊吗？”米尔德梅伤感地问，但马上，他的脸就涨红了，“我，我的意思是……我向你道歉。我不是要窥探什么。我知道我们不该问这个。只是开个玩笑罢了。”

在这一刻，茉莉安很想把谨慎小心什么的抛诸脑后，告诉米尔德梅，她是个奇迹锻工。她想，或许——只是或许——他不会带着恐惧或憎恶来看待她。

但奎恩长老的警告在她耳边响起："如果有谁——任何人——做了有损信任的事……那么你们九个人将共同面临除名的后果。终生不得回归奇团。"

任何人。包括茉莉安自己。

她不能冒这个险。

"是的，"她简单地答道，"很无聊的心法。"

米尔德梅冲她笑笑："嗯，有时候，无聊的心法其实是最有用的。我加入探险家联盟的时候，团队里就没有一个人笑话我。"

茉莉安一下子精神起来了："我的资助人也在探险家联盟。"

"朱庇特·诺斯，我知道。"他热情地说，"他真是个榜样。总有一天我也要进行跨越领域的探险，也要在联盟里当个队长，像朱庇特·诺斯那样。"

"你也可以？"

"你还没明白吗，克罗小姐？"他咯咯笑了起来，满脸期待，"这儿是奇迹社团呀！我们可以成为想要成为的任何人！"

突然，钟声回荡在地图室里，声音之大，震得她和米尔德梅都捂住了耳朵。装在天花板一角的号角形黄铜喇叭传出了一个漫不经心的声音："呃，咳咳，长老们，成员们，学员们，占用诸位片刻时间。我们教学团队的一员，帕克西姆·勒克，已经失踪近一星期。不幸的是，勒克先生广受欢迎的‘潜行、闪避与隐蔽’课程的学员仍坚持前来上课，称他们坚信勒克先生的缺席只是……呃……‘课程大纲的一部分’。”茉莉安觉得自己都能听出广播员在翻白眼了。“但事实并非如此。我们目前正在调查勒克先生失踪一事，任何人如有相关消息，都应立即向高级长老院汇报。与此同时，我们恳请明知勒克先生缺席却仍来上课的学员们……停止这种行为。打扰了，再见。”

广播结束了，随后是一阵尖锐的设备啸叫声。茉莉安和米尔德梅不由得哆嗦了一下。

“太奇怪了。”茉莉安盘算着，也不知道朱庇特口中那含糊其词的“调查”进行得如何了，“都失踪了。帕克西姆，布兰布尔教授的小华姿猫，还有——”

米尔德梅哑然失笑：“可那都是帕克西姆·勒克送给你们的呀，不是吗？”

“什么意思？他以前总这么做吗？”

“嗯，是啊，我是说……这就是他的心法，你懂吧。”他说，“失踪，又出现。相信我，这只是为了证明他的聪明才智而精心设计的噱头。他说不定什么时候就回来了，还等着大家鼓掌呢。”

茉莉安皱起眉头。她有时候觉得，自己真正的心法并不是身为奇迹锻工什么的。其实，她有种非凡的心法，那就是“做最坏的打算”。当然，这源于她之前一直相信自己是被诅咒的，即便是现在，那种感觉也像丝线织进织物那样，深植于她的身体中。让她不要担心坏事会发生，就好比让霍桑别因为骑龙而兴奋，或是让朱庇特别留着一头金毛。

离开地图室的时候，茉莉安想起了之前的一系列诡异的糟心事，以及它们背后的那个男人。

去年，虚空线路上发生过几次事故。虚空线路是一张由奇迹能构成的无形的大网，能把所有时空领域里的一切——包括活着的和死去的——都联结在一起。以斯拉·斯考尔已经被驱逐出永泊镇长达百年之久，警察、军队、各式各样的魔法抵制着他，不让他入内。而且更重要的是，永泊镇自身也拥有强大的能量。然而，他找到了一个暗中潜入的办法，那就是利用虚空线路。这种极度危险、高度机密的穿行方式，能让他将身体留在外面，灵魂却自由自在地在这个禁止他入内的城镇里游荡。

阻止他利用虚空线路是不可能的。因为虚空线路理论上根本就不存在——至少，在物理世界里，它不存在。

茉莉安感到不寒而栗：斯考尔现在在哪里，在干什么，会不会——在什么时候——再次经由虚空线路来找她……

9

查尔顿五人组

“Neheran dunas flor.”

阿占皱着眉头，聚精会神地念着，勺子里的炖牛肉又滑回盘子里了。“Nehelans doonaz.”

“Neherrrrrran.”马希尔发出小舌音纠正他，“Neheran dunas flor.”

“Neherrrran dunas florrrr.”茉莉安跟着重复道。她很想像马希尔那样流畅地发出这个音，但每次听起来都有点儿像漱口。团队里的其他成员也都在餐桌边练习小舌音，效果各有不同。茉莉安觉得萨蒂亚的发音最接近正确的。“Neherrran dunas florrrr.”

“很好。”马希尔一边去拿面包卷一边冲着茉莉安点了点头，“唔，也不算很好，不过比阿占好一些。”大家都笑了，只有阿占没有笑。

好几个星期过去了，919团开始渐渐地接纳了茉莉安。或者至少，每天在站台上见面时，他们不会再露出惊恐万状的神情了。

在家庭专列上，安娜伊也不会因为茉莉安坐在旁边而尖叫。弗朗西斯还让她帮忙尝了尝草莓馅饼，以把控菜品质量。她以极大的热情接受了这项任务，说一口咬下去就感受到了苦乐掺半的夏末怀旧之情……这让弗朗西斯径直折回了实验厨房，因为他想达到的效果是“仲夏音乐节上的尽情狂欢”。

就连坏脾气的萨蒂亚，也曾暴怒着要踢一个男孩儿的小腿，因为他在傲立楼的台阶上管茉莉安叫“没心法的笨蛋”。茉莉安强烈怀疑萨蒂亚会找出一切借口来踢别人的小腿……尽管如此，她还是觉得，自己就算不能拥有八个兄弟姐妹，至少也已经有了八个朋友。

所以，当茉莉安表示有兴趣学一学 Serendese 时，马希尔便坚持每天午餐时都教大家几个常用词。

“Neheran dunas flor!”霍桑一边大喊，一边冲着一位路过的高年级学员挥了挥手。那个女孩儿却只是一脸困惑。

“不错，”马希尔狡猾地笑了笑，“说得很完美。”

霍桑扬扬自得，喝了一大口牛奶：“啥意思？”

马希尔咧嘴一笑，若有深意地看了看茉莉安：“意思是‘你长得像个流浪汉’。”

霍桑的牛奶呛进了鼻子里，顺着他的下巴往下流：“说真的呢！”其他人全都大笑起来。

马希尔耸耸肩：“这可是我最喜欢的浪漫语言。”

对茉莉安来说，团队成员之间关系的解冻，使她在奇团的生活更好过了些。尽管迪尔伯恩女士仍然拒绝听取欢悦小姐的建议，往茉莉安的日程表上添加些别的课，但茉莉安至少还能期待每星期一、三、五的“解码永泊镇”——尤其是，她后来发现这门课是自己很擅长的。几乎每节课上，米尔德梅都要对她的天分大加赞扬。茉莉安觉得，其他大部分人的白眼，已经从公然嘲笑变成了某种……吝啬的敬佩？或许这只是她自己的想象。他们常常在课堂上向她求助，这给了她从未有过的感受。至少，她找到了自己擅长的东西，找到了让她特别的东西，而这与诅咒无关，与奇迹锻工无关。

总之，一切都比茉莉安原本预期的好很多。

直到一天早上，便条到了。

“我们应该把它交给长老们。”

“你没看见吗？上面说得很清楚……”

“我看见了，但我还是觉得应该……”

“我们不能告诉长老们。”

“到底是什么让你觉得自己是这个团队的国王啊？”

茉莉安穿过她的那扇神秘的门，来到919车站，看见成员们凑在一块儿，低头盯着一张纸条。只有兰伯斯像以往那样，和大家隔着一段距离。

“哦，你还记得我们是个团队啊，我可真开心，萨蒂亚。”这是霍桑的声音。他从马希尔手里夺过那张纸条，“要是有谁以为我会让你们……”

“出什么事了？”茉莉安问。

八张脸齐刷刷地转向她，有的拧着眉毛、满面担忧，有的目光炯炯、怒不可遏。霍桑的脸色只是略略阴沉，他走过去，默默地把纸条递给了茉莉安。

茉莉安看了看：

我们已经知晓919团的骇人真相。

要求清单随后送上。

如果你们希望继续保守秘密，

那么就静待我们的指令。

不准告诉任何人。

否则我们自会知道。

那你们就等着秘密传遍奇团吧。

“骇人真相……？”茉莉安挨个儿看着大家紧张不安的面孔。兰伯斯显得尤其激动，茉莉安不知道是因为这张纸条，还是因为发生了别的什么坏事。“这是指什么——”

“很明显啊，不是吗？”萨蒂亚咬牙切齿地说，“指的就是你啊。你是奇迹锻工，这就是骇人真相。我们被人勒索了，都是因为你。”

“闭嘴，萨蒂亚。”霍桑怒道。

“谁送来的？”茉莉安问，“在哪儿发现的？”

“就放在站台上，”霍桑告诉她，“安娜伊发现的。”

安娜伊紧张得浑身发抖。“萨蒂亚说得对！我们应该告诉长老们！”她说，“或者告诉欢悦小姐！她肯定知道该怎么办。”

“可是，谁能把它放到咱们的车站上呢？”茉莉安皱着眉说，“只有咱们的家庭专列可以来这儿啊。”

“谁管它是怎么来的啊！”弗朗西斯说。他在站台上来来回回地走着，浅棕色的皮肤上沁出了一层薄薄的汗，闪闪发光。“他们怎么会知道你的事呢？如果社团里的其他人知道了，我们就会被开除，记得吗？如果我被开除了，我姑姑会杀了我的。我全家都是社团成员啊。爸爸那边四代人、妈妈那边七代人都是。”

“冷静点儿，弗朗西斯。”霍桑说。

“你不懂！我的外曾祖母是奥姆温米·阿辛芬瓦长老！菲茨威廉和阿辛芬瓦两个家族对奇迹社团近乎崇拜！我绝不能被开除！”

萨蒂亚摇摇头说：“我们不会因为其他人泄密而被开除的。这不是我们的问题，弗朗西斯。不管这事儿是谁干的，都叫他们自己挖坑自己跳吧。让他们说去！他们要是被发现了，那被开除的没准儿就是他们了。”

“话是没错，可这件事，知情的应该只有我们啊。”马希尔说，“如果泄露出去，我们还是会受到责备。”

茉莉安盯着铁轨对面的墙壁出神，但她想的不是会不会被开除。她在想，如果整个奇迹社团都知道自己是奇迹锻工，那会是什么样的感觉呢？现在，人们只是对她很好奇，或许还有点儿怀疑，但如果他们知道了真相……应该和再次受到“诅咒”一样吧。所有人都讨厌她。所有人都害怕她。仿佛她压根儿就没离开过豺镇。

一种陈旧而熟悉的恐慌在她的心里翻腾开来，仿佛一头熊从冬眠中醒来。她的胸膛里涌起一股热气。

萨蒂亚从茉莉安手里夺回纸条。“这个正好能证明犯错的不是我们！我要把它交给长老们！我才不在乎你们——哎呀！”

转瞬之间，她手里的纸条自己燃烧起来，灰烬飘落在地上。

“怎么……这是怎么回事？”萨蒂亚用嘴巴吹着烧伤的手指，打量着车站四周，想看看是谁使用魔法，让那张纸条付之一炬。可是周围根本没有别人。

茉莉安咽了口唾沫。她几乎能尝到那些纸灰的味道——就在她的嗓子眼儿里。

“好了……这就……解决问题了。”霍桑心神不宁地说。

萨蒂亚气哼哼地说：“我们仍然可以……”

“我们不能把茉莉安推出去啊。”

“是啊，你当然会这么说了。你是她的朋友嘛。”

霍桑气得差点儿噎住：“我们所有人都应该是朋友！我们是一个团队。姐妹兄弟，记得吗？我们应该是一家人！”

“我可从没要求过让奇迹锻工当我的家人！”萨蒂亚回敬道。

“别说了。”人群后面传来冷静、低沉的声音。大家全都惊讶不已地回过头，看着卡当斯，又像是从来不知道她也在这儿似的。“我们不应该告诉长老们。这件事暂且到此为止。我们静观其变。”

“别想催眠我们！”萨蒂亚抗议道，声音里有一丝恐惧。

卡当斯冷哼一声。“我没有催眠你们，蠢货，我是在告诉你们该怎么办——这两者是不一样的。要是我想催眠你，你压根儿就不会知道。那些傻子课程显然什么也没教会你。”远处传来轰隆隆的声音，站台开始微微震颤，隧道里透出了灯光——家庭专列来了。“我们连那些人想要什么都不知道。现在先等一等，等第二张纸条出现，然后再决定该怎么办。同意吗？”

成员们一个接一个地点头同意了。萨蒂亚也同意了，只不过她的点头更像是勉勉强强的让步。

列车嘎吱嘎吱地停住了，欢悦小姐探出头来，招呼大家进去。茉莉安落在了后面。

“呃，”她突然觉得有点儿尴尬，但还是对卡当斯说，“谢谢你。”

卡当斯耸耸肩：“别谢我。我只是想看看第二张纸条会说些什么。”

当其他人离开傲立车站去上第一节课的时候，茉莉安又在站台上逡巡了一会儿，看着其他列车来来去去。那张纸条令她困惑不解。谁有可能知道她是奇迹锻工呢？ 919 团中的某个人已经背叛大伙儿了吗？还是某个人的资助人？茉莉安立刻想到了巴兹·查尔顿，还有弗朗西斯的姑姑海斯特。他们都曾非常激烈地反对茉莉安加入奇迹社团。会是他们中的一个泄露了秘密吗？或者……纸条会不会是他们写的？

肯定不是，茉莉安想。就连那个讨厌的巴兹·查尔顿也肯定不会那么蠢。只是为了让一群初级学员让步，答应什么要求，就要冒着被奇团除名的危险，他们会这么做吗？巴兹和海斯特并不想勒索她——他们想让她离开。

茉莉安深吸了一口气，离开了车站，沿着林间小路向傲立楼走去。还有一个小时，她那可怕的"惨案历史课"才开课（昂斯托得教授要走到教室，得花上比其他老师多得多的时间），或许她可以到地下三层去研究研究那张即时地图。这个念头给了她欢快的动力，她不由得加快了脚步。

"喂，你！没心法的笨蛋！过来！"

茉莉安停下来，转过身，好心情一下子烟消云散。一小群高年级的学员跟着她走在后面——三个男孩儿，两个女孩儿。"不好意思，你是在跟我说话吗？"她问。

"'你是在跟我说话吗？'"其中一个女孩儿模仿道。她个子高高的，头发又长又纤细，还染成了可怕的绿色，看上去就像盖了一脑袋苔藓似的。她往前走了几步，来到茉莉安面前，她的朋友们也跟了上来。"对，就是跟你说话，笨蛋。这儿还有其他没心法的人吗？”

“我有心法，”茉莉安说，“只是——”

“只是保密，对吧。”一个男孩儿走了过来，居高临下地站着。他肯定是四年级或五年级的学员，茉莉安想。他人高马大，肩膀宽宽的，把太阳都挡住了。“我们知道。列车长说了，我们不准打听这个。所以我们就不打听。你自己告诉我们就行。”

茉莉安茫然地看着他：“可是我没法儿告诉你啊。这是保密的，意思就是——”

“我们知道‘保密’是什么意思。”那个绿头发的女孩儿说，“我们还知道你是非法移民，是偷渡来的。”

茉莉安僵住了：“不，不是的。我不是——”

“你应该明白，这儿没人喜欢撒谎精，”那女孩儿厉声说道，“也没人喜欢秘密。尤其是学员之间。我们注定是紧密相连的，不是吗？所以你最好把心法展示出来给我们看看。就现在。还是说，你想先看看我的？”她咧开嘴，不怀好意地笑着，从口袋里掏出五枚小小的银质流星镖，夹在手指间转动着，仿佛一支支银色的小小利爪。

“呃，不了，谢谢。”茉莉安咽了口唾沫，转过身，加快速度往傲立楼走去。

另一个女孩儿——身材矮小、其貌不扬，但与另外四人的灰袖子不同，身穿奥术学院的白色衬衫——冲过来挡住了她的去路，大笑道："继续，海洛薇兹！"

茉莉安被架着胳膊，拖离了地面，然后又被推搡到路边的树干上，宽肩膀的男孩儿和奥术学院的女孩儿一边一个，箍住了她。她奋力挣扎，想挣脱他们，却只是徒劳。

"放开我！"她厉声说。

"不然呢？你要叫你的列车长来救你吗？"海洛薇兹夸张地噘了噘嘴，"那就请便吧。如果你是个小屁孩儿，那就尽管叫吧！"

"欢悦小姐！"茉莉安大叫起来。她才不在乎他们怎么看待她呢。"快来救我——"

但是一只汗涔涔的手捂住了她的嘴巴，蒙住了她的叫声。海洛薇兹举起一只手，把一枚流星镖摇摇晃晃地托在指尖上，炫耀着："你可以保持沉默。"

她的朋友们全都大笑起来。茉莉安紧紧地闭上眼睛。她听见了——也感觉到了——空气中划过嗖的一声，紧接着是沉闷的撞击声：砰！第一枚流星镖擦着她的脑袋飞了过去。

她睁开一只眼睛，瞥见那银光距离自己不过一英寸，而海洛薇兹的第二枚流星镖正在瞄准。茉莉安的呼吸变得急促，心跳也加快了。

"我的阿尔菲说你是变形者，"海洛薇兹满怀爱慕地朝那个宽肩膀的男孩儿看了一眼，"但我不那么认为。915 团的艾丽斯·弗兰肯雷特就是变形者，她可从来没什么秘密。"嗖——

砰！第二枚流星镖差一点儿就要扎到茉莉安的右耳了，她不由得哆嗦了一下。“不过，他说的也可能没错。只有一个办法可以证实了。”嗖——砰！第三枚流星镖把茉莉安的外套袖子和树干钉在了一起。“来啊，如果你是变形者，那就变啊。”

“她不是变形者。”另一个男孩儿说道。他毛发茂密，犹如野草丛生，蓬松的小胡子从嘴唇上方冒出来，忧伤地盘桓着。“她是个巫师，对吧。”

“别傻了，”海洛薇兹说着，把第四枚流星镖抛向空中，又用指尖接住，“你的团队里有两个巫师呢，他们的心法需要保密吗？”

“哦，”那个男孩儿似乎有点儿气馁，“不需要。”

“闭嘴吧，卡尔。”大块头的阿尔菲说，“海洛薇兹，能不能快点儿，我还得去……”嗖——砰！“哎哟，瞄得准点儿，差点儿扎着我！”

“我不是故意的，亲爱的。”海洛薇兹娇媚一笑。她用手指摸着第五枚也是最后一枚流星镖的边缘，冲着茉莉安怒道：“来呀，这挺没意思的，做点儿什么，给我们看看你的心法啊。”嗖——

没有“砰”。

茉莉安紧紧闭着眼睛，只觉得一股血流直往脑袋上涌，还有一股比血流更汹涌、更愤怒的东西也冲了上来。那感觉就像潮水全都向后撤去，就像整个人一下子被抽空了，然后突然电光石火间，热量从她的后脑一直蔓延到头顶，灌满了颅腔。她犹如一座满溢的水坝，即将决堤。

她睁开了眼睛。

五枚流星镖悬在空中。五个学员僵住了。

茉莉安能感觉到自己的恐惧和愤怒在四周的空气中积聚，仿佛玻璃上渐渐凝结的水珠，被即将发生的可怕的事情压得沉甸甸的。

五个学员都伸出了一只胳膊，直挺挺地，仿佛无法停住似的。他们的动作断断续续的，生硬而不自然，就像提线木偶。五只手从空中接过五枚流星镖，将它们对准了自己。每一枚闪闪发光的银色尖角都在渐渐逼近，越来越近，向着一张张因恐惧困惑而扭曲的脸逼近。

“不要，”茉莉安气若游丝，动弹不得，“不要！放下！住手！住手！”

五个人的身体就像被吸进了真空地带似的浮上了半空，然后又同时坠落在林间小路上，软绵绵的，像毛绒玩偶一般。流星镖啪嗒啪嗒地从他们手里掉下来，滚到了一旁。

“茉莉安！”车站那边传来喊声。欢悦小姐沿着小路飞奔而来，紧随其后的还有另外两位列车长。他们径直去帮助倒在地上的海洛薇兹和她的朋友了。

“发生了什么？”其中一位列车长大声质问。他瞪着茉莉安，显然是在等她给出答案。但茉莉安说不出话来，她只能张着嘴巴，无声地摇了摇头。

“你没事吧？”欢悦小姐轻声问。

“她没事？”那个列车长说，“倒在地上的可不是她啊，玛丽娜！”

“喂，等一下，”欢悦小姐生气地说，“既然你还不知道究竟发生了什么，就不要不分青红皂白地责备我的学员。那边那些东西是什么，托比？你的学员才是飞镖手，不是吗？心法与武器相关的学员只有在课堂上才能使用他们的武器。”

托比看了看欢悦小姐，没什么底气地说：“海洛薇兹，你的流星镖怎么拿出来了？”

海洛薇兹没回答，她仍然抖个不停。

“来吧，茉莉安，”欢悦小姐拉起她的胳膊，转过身，“咱们回家庭专列。”

茉莉安跟着她，踉踉跄跄、晕晕乎乎地往回走，极力不回头去看那个犯罪现场般的场景。

“到底发生什么了？”欢悦小姐焦急地睁大了眼睛，轻声问道。

“他们把我绑在树上，往我头上扔流星镖，想逼我说出我的心法！”茉莉安的声音又尖又细，可能只有小狗才听得见。但欢悦小姐听懂了每一个字，她紧紧地咬住了下唇。“然后……然后……我也不知道怎么了，就好像有什么……奇奇怪怪的东西……涌出来了。”

她用近乎疯狂的低语描述着：每个高年级的学员都抓起一枚锋利的小小的武器，对准了他们自己，仿佛受到某种看不见的力量驱使一般。“可是我不是故意的……我真的不是有意那么做的，我发誓。”她说完了，终于吸了一口空气，灌入肺里，也终于踏进了列车车厢。她的双手在颤抖。

“我知道你不是故意的。”欢悦小姐的声音很坚定。但茉莉安可以肯定，她也忧虑极了。

“你怎么知道呢？”她觉得自己的喉咙哽住了，“你认识我不过几个星期而已。”她突然想起了朱庇特，那个最了解自己的人。他又不在，回家以后又不能和他聊一聊。一想到这些，她就不由得悲从中来。欢悦小姐固然也很和气，但那不一样。

“我见到一个人就能知道她是不是好人。”列车长笑了。

茉莉安没有回应她的笑。有那么一瞬间，她很想将一切和盘托出——站台上的纸条，在萨蒂亚手里自燃成灰，她觉得胸膛发烫，嗓子眼儿里冒出了灰烬的味道；那瞬间的暴怒，之后海洛薇兹和她的朋友就将流星镖对准了他们自己；那一刻，她的身体因为能量的流淌而震颤，哪怕到了此刻，她也仍然能感受到阵阵余波。

她不能说。这些话全都不能说。

茉莉安咽了口唾沫，垂头盯着自己的鞋子。她真是善良的人吗？她思索着，或许你的确不是故意那么做的……但有一部分的你……却享受其中。

可是，那不是很正常的吗？如果受到攻击，被人用尖尖的武器指着脑袋，人人都会有那种感觉吧？

还是说，这正是她奇迹锻工本性的流露?

“坏人我也认得出呢，”欢悦小姐继续说，“查尔顿五人组——他们就是坏人。”

茉莉安抬起目光：“什么？”

列车长翻了翻眼睛：“这是他们给自己起的名号啦。他们都是巴兹·查尔顿的人。查尔顿多年来一直在物色候选人，似乎想每个团队都塞进去至少一个。托比的团队里就有两个学员是查尔顿的候选人。”

查尔顿五人组。这就说得通了，海洛薇兹说过什么来着?“你是非法移民，是偷渡来的。”这肯定是巴兹告诉他们的。茉莉安是奇迹锻工，这令他大为不满，茉莉安竟然进入了奇迹社团这个牢不可破的安全地带，这更让他气得冒烟。尤其是，他深信茉莉安的出现霸占了他的候选人在选拔赛中的名额。

“唔……初级学员中，只有五个。”欢悦小姐若有所思地说，“啊，现在应该是六个了。还得加上我们的卡当斯。唉，我真希望他们别来找她。那就是个卑鄙的小团体。有时候，他们彼此之间的忠诚，甚至还要超过各个团队内部的忠诚。我必须得提醒卡当斯跟他们保持距离。还有你——你也要躲着他们，好吗？”

茉莉安点了点头。她一点儿也不想再碰见海洛薇兹，或是她的同伙儿，或是她的流星镖。

当然，她做不了卡当斯的主。谁也劝不了卡当斯。卡当斯就是那样的人：奇怪，令人费解，捉摸不透。

如果这位催眠师想要加入查尔顿五人组，把它变成六人组，茉莉安可不觉得欢悦小姐能有机会去说服她放弃。

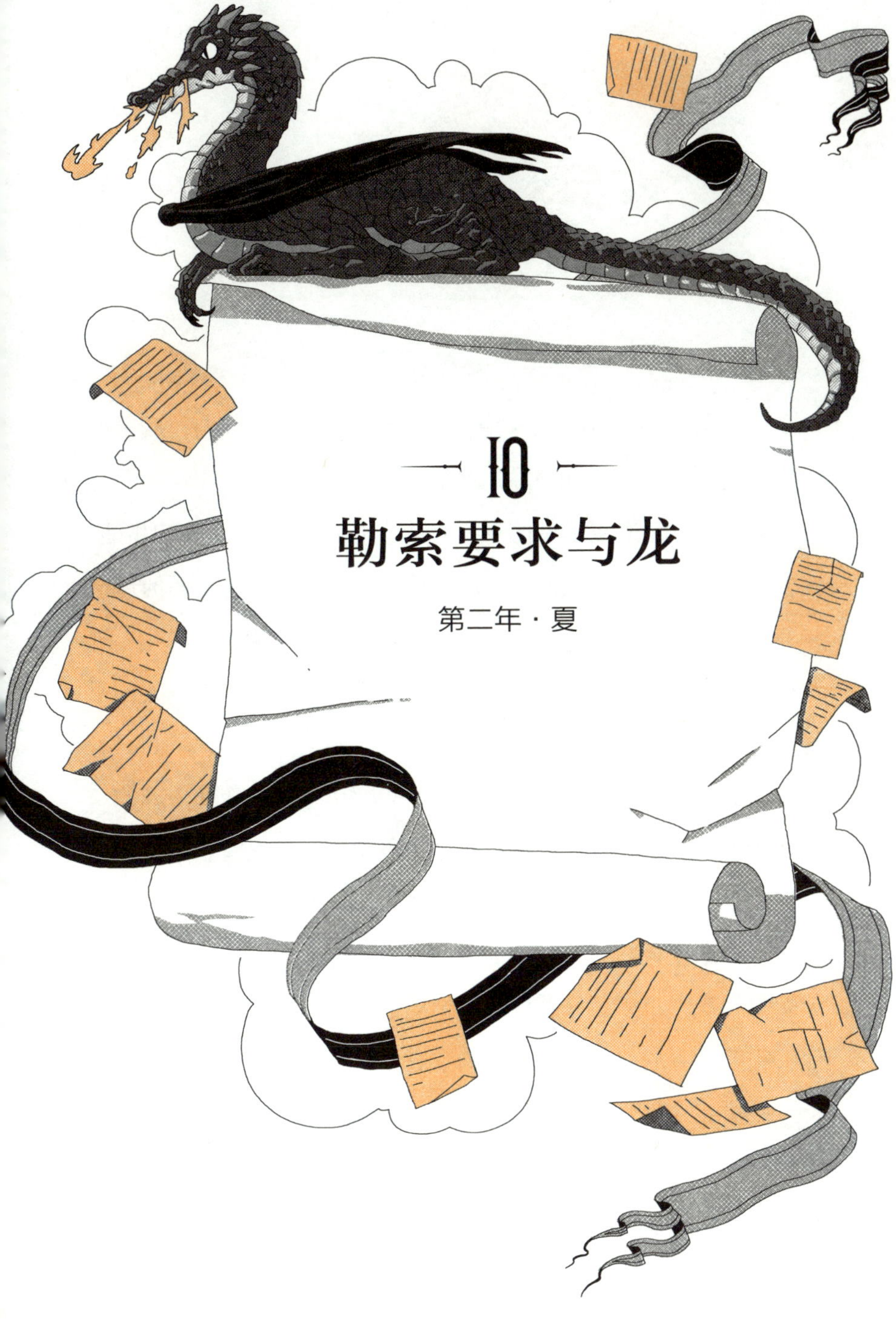

10

勒索要求与龙

第二年·夏

当初夏的温热潜入永泊镇时，奇迹社团的围墙内，成员们已经承受着炎炎烈日和高温灼烤的漫长洗礼了。

919团逐渐适应了奇团这种奇奇怪怪的、起伏跌宕的生活。他们不再敬畏于傲立楼的深度和广度，在地下厅堂里穿行时越来越有自信了。他们也学着在双面助教的双重性格中夹缝求生，以及接受每星期都会有改动的日程表。当然，茉莉安除外，她的日程表还是一如既往地——空旷。

茉莉安的日程表原本可以让她有更多时间去享受户外的奇团好天气，但实际上，她却总是心神不宁，疑神疑鬼，老是害怕再撞上查尔顿五人组。霍桑听说流星镖事件之后勃然大怒。第二天早上，踏上家庭专列时，他拿出了一份长达十项的复仇清单，茉莉安和欢悦小姐只好苦口婆心地劝他算了（其实茉莉安挺想让他实施第六项的：往海洛薇兹的家庭专列上扔厕纸）。

她决定不跟朱庇特提这件事。朱庇特每次离家的时间缩短了，但次数却更频繁了，总是在家待上一两天，就又有奇迹社团或探险家联盟的消息送来。有时候，茉莉安都没听说过那些递来口信的组织，比如天体观测团。然后朱庇特就又出门了，去追踪关于卡希尔、帕克西姆·勒克或是华姿猫幼崽的线索。他仍然坚称这几件失踪事件之间互无关联，但茉莉安却觉得，他自己说着说着也不那么肯定了。每当他结束一项毫无头绪的调查，回家的时候就会流露出更多的沮丧。于是茉莉安也就更踟蹰了，不愿意把校园欺凌和勒索纸条的事儿讲出来，让朱庇特徒增烦恼。

随后，第一项勒索要求来了。

这天下午，他们刚刚由欢悦小姐驾驶的家庭专列送回 919 车站。“这是什么？”萨蒂亚问。她盯着自己回家的那扇门，只见门缝里塞着一张蓝色的纸条。

茉莉安停在门口，叹了口气。她刚刚结束漫长而悲戚的一天，在昂斯托得教授那绿油油、湿乎乎的教室里又是查又是写，完成了一篇题为“奇迹锻工在神鸟纪的重大过失及其对航空旅行的影响”的论文，现在只想穿过这扇黑色的门，倒在自己的床上。

萨蒂亚读着纸条，脸色一下子沉了下来。“不。不行。”她猛摇着头说，“不行，绝对不行。”

卡当斯一把夺过纸条，茉莉安和其他人围上来一起看。纸条上写着：

萨蒂亚·米莉森特·麦克劳德：

你明天下午在搏击俱乐部有一场比赛，对手未知。

你要放弃比赛。

如果你未能故意输掉比赛，那么我们将揭发919团的秘密。

记着：

不要告诉任何人。

否则一切将尽人皆知。

“我活到现在还没有输过任何一场比赛，”萨蒂亚环抱着双臂说道，“现在也不打算输。”

“哪怕所有人都被踢出社团也在所不惜？”卡当斯反问道。

萨蒂亚沉默了。

茉莉安又读了一遍纸条。为什么会有人希望萨蒂亚……哦，她突然想到了什么，哦！“萨蒂亚，要跟你比赛的人是谁啊？”

“你管这个干吗？”

“因为，”茉莉安尽量不让自己流露出不耐烦的样子，“如果我们知道是谁，或许就能找到写纸条的人了。或许要跟你比赛的那个人就在……”

“是随机的，”萨蒂亚打断她说，“上场前才会从帽子里选出自己的对手。可能是任何人，来自任何团队，任何搏击课程。”

她的脸色越来越焦躁，“不管是谁，都不希望别人赢。他们就是想让我输。但我绝不会照办的。”

“我绝不能被开除。”弗朗西斯说，他那样子就好像要哭出来了似的，“萨蒂亚，求你了。我不能被开除啊，我姑姑会……”

“哦，我姑姑，我姑姑，”萨蒂亚学着他的样子说，“别再提你姑姑了行吗？那我爸爸呢？要是他知道我故意输掉比赛，肯定会羞死的。这是原则问题。麦克劳德家的人绝不能拱手认输。”

霍桑生气地说：“那忠于团队的原则呢……”

“闭嘴吧，斯威夫特。”

“够了。”卡当斯叫道，“咱们投票表决吧。同意无视这张纸条，就让对方去泄露秘密的都有谁？”

萨蒂亚举起了手，挑衅似的瞪着卡当斯。安娜伊也举了手，随后还有马希尔。阿占也慢慢地抬起了手，但他至少表露出了些许的尴尬，还算体面有礼。

“那么，不同意背叛我们的成员，不赞同公然蔑视奇迹社团基本原则和道德基础的人，都有谁？”霍桑瞪着萨蒂亚，举起了自己的手。

卡当斯、弗朗西斯和兰伯斯举了手。不过茉莉安有点儿怀疑兰伯斯根本没仔细听大家的对话。

“茉莉安！”霍桑压低声音，恶狠狠地冲着她使眼色。

“哦！对。”

茉莉安也举起了手。

萨蒂亚气得一脚踢向了墙壁。

“好的，斯威夫特，现在往后拉！放松，放松……他想俯冲，但别由着他。往后拉，保持平衡。记着，你才是做主的那个。保持飞行。继续飞行。现在——好。抬起下巴，抬头。是你的头，斯威夫特，不是龙的。下次左肩要多往下沉一点儿，好吗？”

霍桑在星期二上午的那节驭龙骑术的教练名叫菲戈尔·麦基。这个男人可以用“面目全非”来形容，因为在长达四十年的专业驭龙骑术训练中，他一共失去了五根手指（一只手两根，另一只手三根）。

因为没有什么更有趣的事情做，茉莉安就把大部分闲暇时间——实在是很闲啊——花在了这上面：到地下五层的驭龙骑术体育馆看霍桑训练。

这挺奇怪的。一方面，看到自己的朋友如此得心应手，茉莉安感到由衷的振奋。驭龙飞行展现出了霍桑的另一面，这是她很少见到的，而且这种转变很特别。那个注意力难以集中、容易激动的小坏蛋不见了，取而代之的是个严肃的、能干的男孩儿，专注于当下的任务，关注教练，努力地提高自己的本领。

至于那些龙……本身就足够神奇。能和这些古老的爬行动物共处一室，茉莉安觉得很荣幸。这些生物如此美丽、精巧，同时又是如此强大、聪明，着实令人惊讶。和它们在一起，就像身处真正的魔法中一样。

但另一方面，在这儿待着也有点儿像自找别扭。

这才是她期待的奇迹社团啊。和 919 团的其他成员一样，霍桑的日程表也是丰富、刺激、有趣的。今天，完成体育馆训练之后，他还有一节开设在幽鸣森林里的越野识途课。明天呢，上午是“敌对生物辩论”，午餐之后是题为“永生：是否可能？”的讲座。

茉莉安努力地压制着心里那头嚎叫的嫉妒之狼。真的很努力。

今天，狼安安静静的，不过这只是因为，茉莉安忍不住一直去想前一天发生在车站的事。

她抬起头，望着体育馆巨大的天棚，目光紧追着绕圈飞行的霍桑和龙（菲戈尔·麦基赞许得大喊大叫），但她其实并没有认真看他们。她所看见的，是萨蒂亚紧皱的眉头，是弗朗西斯怕被开除的恐慌流泪，是阿占举起手赞同泄密时的尴尬和胆怯。

本来已经很近了。就差一点点了。茉莉安思忖着，写这些愚蠢纸条的人，到底懂不懂，他们的举动摧毁了她在奇团过上幸福生活的希望。或许勒索他们的人的确恨她，所以才想出这么个完美的办法，把她的团队一分为二。

可是，究竟是谁干的呢？他们怎么会发现她所谓的“心法”？整个上午，茉莉安都在思考这两个问题。

“好，现在慢慢降落。”菲戈尔冲着霍桑叫道，“我要软着陆，可别又像个袋鼠跳似的。就是这样。好，放松。”

今天霍桑骑的是一头中等体型的斑纹灯罩龙（差不多有两头大象那么大）。这种龙的青绿色皮肤上覆着鳞甲，就像河面上的灯笼那样闪着层层叠叠的光，因此得名。当他平稳地滑向地面时，那肌肉发达的后腿因反冲力而鳞甲翕动，仿佛轻柔明丽的波浪拂过他的全身。

另一位学员走上了训练场，霍桑可以休息了。他一步两级地跑上看台，一屁股坐在了茉莉安旁边。他大汗淋漓，满脸通红，精疲力尽——但这种精疲力尽是满足的，因为它来自为自己热爱的事情奋力拼搏。

“你最后做的翻转，”她一边说一边把水瓶递给他，“很棒。为什么不会从鞍子上掉下来呢？”

“谢了！”霍桑把弯弯的棕色头发从脸上拨开，“就是正确地运用腿部肌肉啊，还有，希望龙不要冒傻气。不过这头龙很好。挺可靠的。”

“他叫什么名字来着？”

霍桑一边大口灌水一边翻了翻眼睛：“这要看你问谁了。他在锦标赛上注册的官方名字是‘劈空似油滑如刀’，不过我管他叫‘保罗’。”

“哦。”茉莉安心不在焉地答道。

“你还在想纸条的事儿？”霍桑把脚支在前排座椅的靠背

上，开始解皮护腿的带子，“你认为是谁送来的呢？”

“唔……我一直在琢磨呢。会不会是海洛薇兹那伙儿人，查尔顿五人组？”

霍桑皱起了眉头。“是啊，她是挺像会干这种事儿的人。可是，她怎么知道你是……”他四下看看，确定没有人坐在附近才继续说道，“……奇迹锻工呢？你觉得是巴兹告诉他们的？”

“我也不知道。”茉莉安老老实实地说道。两个人默不作声地坐着，霍桑摆弄着护腕上的带子。一种奇怪的、蠢蠢欲动的愧疚感从茉莉安心里钻了出来，像毒药似的。“萨蒂亚肯定不会原谅我的。”

“原谅你？”霍桑唾沫飞溅地说，“什么原谅不原谅的？这又不是你的错！”

“她保护的是我的秘密啊。”

“是我们的秘密。”霍桑坚持道，“写纸条的人威胁的是我们所有人——我们是一个团队啊。”

菲戈尔叫霍桑了，霍桑赶紧收拾起四处散落的护具。“听着，”他冷静地说，“既然根本不知道那个人是谁，坐在这儿担心又有什么用？我们就等着看下一张纸条会说什么吧。”

然而，茉莉安望着他走下台阶走向训练场时，一个新的决定突然冒出来了。她不能简单地坐等下一张纸条出现——谁知道那上面的要求会不会让整个919团倒戈相向呢？

肯定有解决的办法。必须有。她得把它找出来。

她已经知道从哪儿下手了。

在地下五层最大的武术馆里，萨蒂亚已经上场了。搏击俱乐部每周活动一次，奇迹社团的各个格斗专业会聚在一起，进行一系列一对一的挑战比赛。这是混乱的、没什么公平可言的、不分年龄的混战，比如光着脚的跆拳道运动员可能会对上披盔戴甲的击剑手，可这却是萨蒂亚最喜欢的，很令人费解。她每个星期都要把那些比赛中的暴力场面和种种细节讲给其他成员听。尽管是最年轻的格斗士，萨蒂亚却一直都是搏击俱乐部战无不胜的冠军。

直到今天。

"好。谁将对战麦克劳德呢？"一个女人举着手里的帽子喊道。她身材魁梧，肌肉发达，一头卷曲的灰色头发。她抽出一个名字，边念边笑，"维尔·戈迪！过来吧，小伙子。真是的，速战速决吧。"她低声咕哝着，而观众们则又是抱怨又是嘲讽。萨蒂亚的教练布鲁特斯·布朗甚至用爪子捂住了自己的脸。

维尔·戈迪是916团一个多话的男孩儿。他老是喜欢讲些没边没沿的故事，把自己塑造成永泊镇最高大、最有力、最坚强的英雄，总是能不费吹灰之力就打败一群小混混什么的。所有人都知道这是在瞎掰，因为戈迪根本就没有什么战斗力，他的心法也和格斗沾不上边。他明明是个颇有才华的作曲家，却非要上格斗课，因为这样就可以告诉社团以外的人，自己是个真正的拳击手。茉莉安知道，萨蒂亚肯定忍不了他。

维尔·戈迪一上场，萨蒂亚的脸色就沉了下来。当着武术馆里所有格斗士的面，有史以来第一次输掉比赛，还是输给这么个嘴把式……这简直就是终极羞辱。

这会是有人操纵的吗？茱莉安想。勒索者会不会用了某种办法，故意让维尔的名字从帽子里选出来？如果真是这样，那么唯一一个能动手脚的就是那个魁梧的灰发女人了。不过，茱莉安对此很是怀疑。

肯定不会是维尔干的，因为尽管他虚张声势，可得知要对战萨蒂亚，却明显表露出了不安。

茱莉安不敢看了。她一方面担心萨蒂亚会改变主意，拒绝输掉比赛，另一方面却又觉得她就应该那么做。

但她还是看了。第一回合——几乎是第一分钟——萨蒂亚就任由维尔踏着凌乱可笑的步法，软绵绵、毫无攻击力地一拳把自己打趴下了。她甚至都没做做样子，让这一切看起来真实点儿。维尔的拳头一碰着她的脸（她基本上是无遮无挡地迎上去的），她就倒在地上，一动不动了。

观众们全都不敢相信。茱莉安也觉得难以置信，而她早料到自己会这样。

但她必须甩掉震惊，因为这一刻正是她等待的。如果那些勒索者想让萨蒂亚输掉比赛，那么此刻他们肯定会在这儿看着。她扫视着人群，仔细地观察着每一张脸，想看看某个人会不会流露出……蛛丝马迹。

可是，没有一个人露出沾沾自喜或志得意满的表情。所有人都是一副震惊不已的模样，因为维尔的胜利简直是不可能的。如果那些勒索者确实在场，那他们可真是世界级的表演艺术家。

当维尔沐浴在欢呼和阵阵掌声中时，萨蒂亚从场上跳了下来，拖着沉重的步子，径直从茉莉安身边走了过去。

“萨蒂亚！”她叫道，“等一下，我……”

“别理我！”萨蒂亚回过头扔下一句。

“我只是想跟你说……”

“不用了。”

茉莉安眼睁睁地看着她离开，心里的感觉更糟了。

第二张提出要求的纸条，星期五下午出现在 919 车站——塞在弗朗西斯那扇蓝色的门上。他微微颤抖着双手打开纸条，一边读一边眯起了眼睛。

“他们想要……蛋糕。”

“蛋糕？”霍桑问。

“这上面是这么说的。”

茉莉安困惑得脸都皱起来了：“只是……蛋糕？”

“只是蛋糕？”弗朗西斯抬起头来，瞪着她说，“不，不只是蛋糕。你看看吧。”

弗朗西斯·约翰·菲茨威廉：

你要烘烤并装饰好一个加里东加冕大蛋糕，明早六点放在919车站站台上，然后立刻回家。

如果不照做，我们就揭露919团的秘密。

记着：

不要告诉任何人。

否则一切将尽人皆知。

“什么是……”茉莉安看着纸条逐字念道，“加里东加冕大蛋糕？”

“是我所能想象到的最难做、最复杂的蛋糕，”弗朗西斯生气地说，“一共三层，每一层的口味和质地都不一样，用金色叶子形状的糖花装饰，通体覆盖螺旋状的焦糖，顶层还有一个带花边的糖制王冠。”

霍桑睁大了眼睛：“那你能多做几个吗？”

“这要花掉我一整夜的时间啊！”弗朗西斯从茉莉安手里夺过纸条，也没理霍桑，“我明天上午还有四个小时的刀工课呢！熬夜没法儿上课！会把手指头切掉的！”

“明天是星期六。”霍桑说。

“我知道明天是星期六，”弗朗西斯瞪了他一眼，“海斯特姑姑说我的刀工水平不行，所以让我周末补补课。”

霍桑愣住了。茱莉安从来没见过弗朗西斯这样生气，仿佛周末补课是一种奇耻大辱。他好像暂时失去了语言能力。

“可是这说不通啊，”茱莉安指着纸条说，“为什么要你给他们做个蛋糕呢？”

弗朗西斯似乎很受伤：“为什么他们就不想要我做的蛋糕？你们没尝过我做的蛋糕吗？”

“的确非常好吃啊，弗朗西斯。”霍桑赞同地说，“如果我要勒索你，肯定也会让你做个蛋糕的。上次你还做过里面带有蛋奶酱的点心，还有那些……”

“嘘，霍桑，”茱莉安说，“我的意思是……呃，这个要求就……唔，很傻啊。”她瞥了一眼身后那扇通向自己卧室的门。她原本很期待今晚的音乐沙龙呢（弗兰克预约了一位新乐手，能用鼻孔吹口哨），可弗朗西斯彻夜制作蛋糕，就是为了守护她的秘密，她知道这种内疚肯定会让自己心神不宁的。她叹了口气。“那么，我去给你帮忙吧，好吗？我给你当助手，这样你就不用全都自己干了。哦，对了！你可以到丢卡利翁大饭店的厨房来呀！我们的主厨肯定能做出加里东……加冕……什么的蛋糕。”

这显然是句不该说的话。“我绝对不需要二等酒店的煎炸厨子来帮忙！”

说完，弗朗西斯就走了，砰的一声摔上了他那扇蓝色的门。

茱莉安不可置信地摇了摇头：“煎炸厨子？哈尼喀特主厨可拿过三次‘皇家光翼刮刀赛’大奖啊。”她摆摆手，跟霍桑道别，直到走进了自己的黑色大门，还不可置信地念叨着：“煎炸厨子……”

她一打开门，踏进全世界她最喜欢的这间屋子，就松了口气。她的床似乎在庆祝星期五终于到来，变成了一只巨大的鸟巢，里面铺满了柔软的织物，十几种浓淡不一的绿交织在一起，中央还摆着三个鸟蛋形状的大枕头。茉莉安像鸟儿似的张开双臂，往后撤了几步，然后一蹦，噗的一声，陷进了床里。

她躺在那儿，凝视着天花板。天花板此刻变成了深蓝色的夜空，点缀着闪烁的漂亮的星星，让她不由得想起了奇团地图室的穹顶。她希望卧室天花板不要再变样了，就一直这样吧。

她忍不住去想萨蒂亚——想她离开武术馆时脸上的表情，想她白天郁闷的沉默。茉莉安为她感到难过。她一直都以自己在搏击俱乐部的战绩为荣。那是正正当当的骄傲啊。可她却输给了维尔·戈迪，还当着那么多人的面。萨蒂亚信守诺言，为了整个团队的利益，牺牲了自己如此珍视的东西。茉莉安既震惊，又激动。

正是这个念头激发了茉莉安的决心。现在，比赛输掉了，可她仍然不知道勒索者是谁。不过她绝不会放弃的。如果萨蒂亚可以故意输给维尔·戈迪，弗朗西斯可以彻夜不眠地制作世界上最傻的蛋糕，那么她也可以揪出幕后黑手。

反正她也没有更好的事可做了。

II

潜行特勤

“他在发愁。”

“愁什么？”

“我想是……钱吧。”

杰克和茉莉安站在螺旋楼梯的栏杆旁，探着身子俯瞰星期六晚上的丢卡利翁大饭店大堂。今晚，这里变成了一个湖。庞大的房间里，往常的镀金天鹅绒家具和盆栽树木不见了，取而代之的是贡多拉和独木舟。船上载着闹哄哄的宴会常客，他们都按照弗兰克的邀请指南，穿着跟海有关的服装。服装很精致，到目前为止，茉莉安已经看到了七条美人鱼、四条男人鱼、一群水手和海盗、一只海星、一只牡蛎，以及一条全身布满亮片的紫色章鱼。

“你怎么知道？”茉莉安问。

杰克眯起了双眼。他的眼罩拉到了一侧（这是极其罕见的），堆在太阳穴上。“他的手指是绿色的。绿色手指的意思是，他很想弄些钱，或是刚刚损失了些钱。”

茱莉安低下头，看了看杰克观察的那个男人——英俊、自负、穿着剪裁考究的海军上将制服。他正站在一艘贡多拉的船头，视线扫过整个大堂，仿佛这个地方连同所有的人都是他的。“他看起来挺有钱的啊，”茱莉安说，“看看他太太脖子上的那些珠宝。”

“有钱人也要操心钱的事啊。有时候比穷人更操心呢。而且那也不是他太太，是他的情妇。”

茱莉安倒吸了口冷气，既惊讶又兴奋。这已经成了她最喜欢的新游戏。

最近，丢卡利翁大饭店的周末比往常更热闹。因为附近新开了一家奥利安娜饭店，弗兰克与那儿的两位活动策划人成了竞争对手，激战一触即发。每逢星期六，他都会主办几场主题奢华的宴会、舞会或化装舞会。有时候半个饭店都会占用，有时候会到房顶上庆祝，好让方圆几英里都能看到听到。转天，也就是每个星期日，他都会在大堂里走来走去，等着《永泊镇前哨报》《晨报》《窥镜报》送来。报纸一送来，他就立刻翻到社会新闻版，大堂里便随之响起爆炸般的胜利大笑，或是愤怒的吼叫声——取决于哪一家饭店占据的专栏版面更多。赢的常常是弗兰克（他的宴会颇具传奇色彩，名人、贵族甚至连皇室成员都会偶尔现身），但偶尔的失败也会让丢卡利翁的每个人都感到害怕。因为接下来连续几天都是夸张的沮丧，然后又再次情绪高涨起来，疯狂地让下一个星期六成为“我们有史以来最棒的！”。

于是，丢卡利翁大饭店的星期六晚上，就成了观察人群的绝佳机会。而杰克对自己作为见证者的能力越来越自信了，这也使旁观他人变得更加有趣。

芬内斯塔——讨厌水的芬内斯塔——对今晚的主题很不满意，并且扬言要以以下几种方式对弗兰克施加报复：a. 叫警察来；b. 往弗兰克的卧室里塞大蒜；c. 一把火烧了饭店。当然，这些事她一件也没做，而是气势汹汹地蹲在黑色的鸟形吊灯上，一旦有谁胆敢靠近，就嗞嗞出声，亮出爪子。

“那她们呢？”茉莉安指着一群扮成热带鱼的女士问道。她们个个靓丽明艳，衣服上挂满了流苏、羽毛和珠饰，非常时髦，却又很不得体。她们划着船在大堂里乱窜，直接用瓶子喝粉红色的香槟，还缠着钢琴家威尔伯——他带着他的宝贝大钢琴驻扎在一座小岛上——要他演奏些“更带劲儿的”东西。

杰克皱起眉头，聚精会神地看了她们足足一分钟。“那个穿得像小丑鱼一样的大嗓门儿，其实更乐意待在家里。或者别的地方也行。就好像有……一根线之类的——银线——一直把她往门外拉。”

这天下午，朱庇特的侄子上完大提琴课就回到家里过周末。他的出现使茉莉安原本糟糕的一天有了转机，这使她感到很惊讶。

为了在919车站亲手抓住勒索者，看看究竟是谁取走了弗朗西斯做的蛋糕，茉莉安定上了早上5：55的闹钟。闹钟一响，她就翻身下床，悄悄地推开那扇神秘的门，蹑手蹑脚地穿过奇团更衣间……却发现整个计划泡汤了，因为通向车站的那扇门根本推不开，而且似乎是从外面锁上的。勒索者可真聪明啊，太气人了！等门打开时，一切都晚了：蛋糕不见了，车站什么踪迹都没有。

茉莉安敲开了弗朗西斯的门，想问问他是怎么把蛋糕做出来的，以及有没有在车站看见什么关于勒索者的蛛丝马迹。可弗朗西斯却只是瞪着她——浑身沾满了面粉、酥皮和黏糊糊的焦糖——然后再一次狠狠地关上了门。

后来，茉莉安发现朱庇特还没回家，而且弗兰克为了准备晚上的宴会，封闭了大堂，全天都不准任何人入内，她的心情就愈发郁闷了。

总而言之，茉莉安见到杰克非常高兴。到目前为止，她都忍住了想要嘲笑他那身格雷斯马克青年天才学校时髦制服的冲动，并且觉得这种克制非常善良。

“那她呢？”茉莉安指着一个头戴双髻鲨帽子的女人问。

“她弟弟刚刚继承了家里的财产，她很生气。”

茉莉安惊讶地看着他：“这么具体！”

“唔……我想应该没错。她心情复杂。绿色的手指——跟钱有关。胸前的黑色十字架是丧亲之痛的标志。除此之外还有个次要的阴影——与年幼的弟妹有关。我猜是弟弟。而且她全身散发着深酒红色的光，这意味着满满的愤怒。她确实悲痛，但也确实气愤。”

茉莉安看着那个女人，期望能从她身上看出些许悲伤，可她却正往绿色的湖里倒鸡尾酒，还和共乘一船的金发海星打情骂俏。

“那他呢？”茉莉安努努嘴。那是个装模作样、一副绅士派头的男人，穿着海盗服，肩上扛着一只色彩鲜艳的大鹦鹉。

杰克嗤之以鼻：“渴望别人问起他的鸟。但似乎没人感兴趣。”

“哎呀，你可以靠这本事赚大钱了！我们可以告诉别人你有超感视觉。挣了钱分给我两成就好。”

杰克翻了个白眼，冷笑一声。茉莉安知道他不喜欢摘掉眼罩。她从没和杰克聊过这件事，不过朱庇特曾经说过，同为见证者的他，经过多年训练才能做到“理解疯狂”——理清层层叠叠的表面和弯弯绕绕的线索，筛掉多余的，留下本质的、重要的东西——杰克还远远做不到呢。朱庇特还说，杰克目前还需要眼罩来当过滤器，干扰视觉，这样就不会一直看得太多太杂了，也不会被奇特的才能逼疯。

“还有你。”杰克突然把脸转向了茉莉安。他抬起一只手遮着眼睛，似乎要挡住太亮的光——茉莉安知道，哪怕是现在，自己身边也肯定聚集着奇迹能——眯起眼睛凝视着。茉莉安觉得脸上一阵发烫。杰克看着她的方式，和朱庇特有时候看她的眼神一样，仿佛他知道她所不知道的事，仿佛他知道的很多事情，都是她不了解的。朱庇特这么做的时候就已经够烦人的了，现在连杰克也这样，茉莉安真想伸手去戳他的眼睛。

“我怎么了？”她不高兴地说。

“黑色的云，”杰克说着，冲她的左肩点了点头，“围绕在你四周呢。学校里有难缠的事儿？”

茉莉安犹豫了一下，然后说：“就算是吧。”

“怎么了？”

从哪儿开始讲起呢，她想。她可以告诉他勒索信的事儿吗？杰克已经知道她是奇迹锻工了，所以就算告诉他，也不算违背与长老们的承诺吧？

茉莉安深吸了一口气，她什么都不顾了，把一切都倒了出来：目前为止收到的三张纸条；团队投票表决；现在团队里至少有一半成员都恨她了。她一开始讲就刹不住了。她跟他说了昂斯托得教授、《奇迹能应用术简史》，说了海洛薇兹和查尔顿五人组。她告诉他，朱庇特总是有没完没了的顶级机密任务，很可能和那些失踪事件有关。她漫无目的地说着，杰克一言不发地听着，当她把脑海里塞满的东西全都讲完了，茉莉安觉得……轻松了些。

“黑云走了吗？”她最后问道。尽管明知道自己看不出什么，她还是瞥了一眼自己的左肩。

杰克耸耸肩：“变小了。”

“好啊。”

他点点头，没再追问什么。这是杰克的一大优点。他不喜欢被别人八卦地打听来打听去，所以自己也不会去问别人。

“说到勒索，”他说着，把手伸进外套里面的隐蔽口袋，“我一直想给你这个。”他递给她一张叠起来的纸。纸是深沉的银黑色，像干燥的树叶一样薄薄的，却又柔软易折。“如果你需要我——我是说，发生了紧急情况，不是没事闲的——如果你碰上麻烦了，需要我帮忙，就在这张纸上写下地址，或者地标——就是我能找到你的地方。然后说三次我的全名——约翰·阿周那·克拉帕蒂——再把这张纸烧掉。它和我是互相联结的，所以不管你在哪儿，它都会在我手里显现出来。”

茉莉安扬起眉毛，不知道该不该相信他：“这是什么原理啊？”

“我也完全不明白是什么原理。这是我的搭档汤米发明的，为的是考试作弊时用。不过，既然他聪明得能发明出这玩意儿，为什么还要作弊，我就不懂了。”杰克耸耸肩说，“他妈妈是位巫师，肯定帮了忙。反正，这玩意儿叫‘黑邮件’，我们过去常常在熄灯之后用它给别的宿舍发消息。后来黑纸渐渐用完了，汤米也没法儿再做了，因为他作弊被人抓住，开除了。这个笨蛋。我只剩几张黑纸了，不过朱庇特不在，这儿的事情又……好吧，我觉得你最好能随时找到我。就是这些。”说完后，他似乎有点儿尴尬。

“好的，”茉莉安把黑纸装进口袋里，“呃……谢谢你。”

“只有紧急情况才能用。”杰克又强调了一遍，就转过身，倚在了楼梯上。

“知道了知道了。”茉莉安把胳膊肘支在栏杆上，扫视大堂，寻找着下一个观察目标。“那……他怎么样？”

那个男人刚刚进门，他先从划艇跳到独木舟，又从独木舟跳到贡多拉，就这样像踩着池塘里的石头似的穿过了大堂。宾客们大叫着跟他打招呼，看到他差点儿踩翻一艘小船，就又是鼓掌又是尖叫地大笑起来。然而他却一脸阴云地抬起手，捋了捋姜黄色的头发。

“朱庇特！”茉莉安喊道。他抬起头，看见了楼梯上的两个孩子，便苦笑着跟他们挥了挥手。他伸出两根手指，无声地说“两分钟”，然后就跳到已经淹了一半的服务台，坐在桌面上，接过凯吉瑞送来的一大堆信件、便条，翻找起来。

杰克扫视着他叔叔身旁的空间。“他在找什么东西。这就是他一直不在家的原因。虽然不知道那到底是什么，反正他一直也没找到。”

“你看见什么了？”

“就像灰色的雾，笼罩在他的头上，”杰克咕哝道，“昏暗、闪烁的光就在他够不着的地方。”

他们没注意到，芬内斯塔已经离开了她那生人勿近的吊灯。她庞大的影子突然笼罩了他们，低沉沙哑的声音在背后响起：“他们在这儿干什么？”

茉莉安吓得跳了起来，她捂着胸口，仰头望着华姿猫咄咄逼人的目光。“你能不能戴个铃铛什么的？”她的心怦怦直跳，

“什么，谁在这儿？”

“警察。”小芬伸出一只爪子，指着一小群身穿黑衣的男女。他们占了一艘皮划艇，径直朝着服务台划了过去。

茉莉安吃惊地眨了眨眼睛：“小芬！你不是真的报警了吧？那多讨人厌哪！”

“在你眼里我就是个草包吗？”小芬气哼哼地说，“我当然没有报警。告密者不得善终。”

“那他们为什么——”

“那不是普通警察，”杰克轻声说，“他们是潜行特勤。”

“潜什么？”茉莉安问。

“奇迹社团侦查处，”杰克说，“秘密警察。他们很少会这样光明正大，通常都是……偷偷摸摸的，你懂吧。”

“你怎么知道他们是潜行特勤呢？”

“看他们的制服：黑色皮衣，锃亮的系带靴子。还有，看到他们的上衣口袋了？”

茉莉安眯起眼睛，盯着离自己最近的一个。她看见他右胸前的口袋上绣着一只金色的眼睛，瞳仁里有一个字母 W。

“肯定是潜行特勤。他们之前来这儿找过小朱叔叔一回。”杰克继续说道，“那是好几年前的事儿了，当时他们要请他协助勘查犯罪现场。那是……那是一起谋杀案。挺有名的一个魔法师，被自己的学徒杀死了。朱庇特帮他们弄清楚了。只有真正严重的犯罪和涉及奇团成员的案件，才会由潜行特勤经手调查。”

“他们是在调查失踪事件。”茉莉安说。

杰克摇摇头，眯眼看着那伙儿黑衣人。“肯定是在找什么东西，或者什么人，但不是几星期前的旧案件。而是新的。他们四周也有灰色的浓雾，不过要比朱庇特的更厚密，更……我不知道该怎么形容了，反正还有点儿闪闪发光的——像大雷雨。”

他们看着楼下的人交谈。朱庇特把手插进乱蓬蓬的头发里，看上去又激动又疲倦。茉莉安离开栏杆：“咱们下去听听——啊！”她叫了起来。一只大爪子戳中了她的肩膀，拦住了她。“小芬！”

“如果那真是潜行特勤，你就更不能靠近他们了。”华姿猫怒道，“如果朱庇特想告诉你发生了什么，他会亲自跟你说的。现在，你们可以走了——早就过了就寝时间。”

“我没有就寝时间。”茉莉安皱着眉头说。

“现在有了。”

“你不能——”

“去吧。”

“可是——”

“去睡觉。”

茉莉安转过身看了看朱庇特，期待能抓住他的目光，可他已经又往外走了。他乘着一艘小船，四周都是潜行特勤，朝着前门去了。

连外套都没来得及脱掉呢。

12
恶魔园

没有人知道失踪事件究竟是怎么回事。凯吉瑞、芬内斯塔、钱达夫人，全都不知道——茉莉安星期日一整天都在轮流盘问他们。欢悦小姐也不知道。星期一一早，在家庭专列上听说潜行特勤去了茉莉安家里，她流露出了真实的惊讶（以及担忧）的神情。昂斯托得教授也不知道。他批评茉莉安“无礼”“鲁莽”“不得体”，因为她竟然胆敢在上课时间打听奇迹社团执法系统内部运作的问题。

于是，在接下来的时间里，昂斯托得讲了一大通“多管闲事”和“礼貌得体”什么的，老生常谈，冗长乏味。不过，这至少比抄一段《奇迹能应用术简史》要好些。

下午，米尔德梅的课就有趣多了。

“欺罔路段。诡计巷道。阴翳街。幽灵时段。”他读着写在黑板上的词，“谁能告诉我，这些是什么意思？”

九张茫然的小脸冲着他愣神。

“都不知道？”米尔德梅似乎很惊讶，“你们可真幸运啊。”

“它们是什么意思啊，老师？”马希尔问。

“欺罔路段是无赖和强盗常用的手段，已经过时了。它其实就是一个简单的地理骗局：一个人从街巷的一端进入，出去的时候却发现到了别的地方，距离本来应该到达的目的地有数英里远，那儿正有一伙儿歹徒守株待兔，准备下手抢劫。目前大多数欺罔路段都已经被查封，或贴有标识，不过在贼人纪，自由邦到处都是这种东西。”

“诡计巷道，则是另外一种与众不同的、永泊镇式的无聊玩意儿。”他坐得舒舒服服的，两条腿搭在桌边荡来荡去。茉莉安发现，米尔德梅一谈到他真正感兴趣的话题，就会这么做。“极其的不方便，偶尔还很吓人。但是，如果你知道自己在干什么，那么它基本上就是无害的。‘诡计巷道’是个涵盖一切的术语，指的是永泊镇里某些小巷、小街、小夹道，你一走进去它们就会发生某种变化。”

“‘变化’是什么意思呢？”茉莉安问。

“嗯……比如说，有时候，你走到半路，突然发现自己并没有转身，却正朝着来时的方向走。或者，你往巷子深处走，两侧的墙壁却渐渐合拢，要么你得退回去，要么就有被挤死的危险。”

“吓人！”阿占哆嗦着说。

“是的，不推荐你们使用。有一次我碰到过一条诡计巷道，越往里面走，重力就越小，于是就飘上了半空，最后抓住旁边的墙壁才把自己拉回地面。”

“呀！”茉莉安突然想起跨年夜和朱庇特的那趟音乐厅之旅了，“我好像见过一个！”

她向米尔德梅描述了他们去老菲尔德安音乐厅找天使伊斯拉斐尔时经过的那条奇怪小巷（当然，前往拜访的前因后果她没说）。

“你是说，在波希米亚区？”米尔德梅问，“天哪，我可能都不知道那条小巷。很棒啊，克罗小姐！没错，永泊镇中散落着很多诡计巷道，大部分都在地图上标出来了——像欺罔路段一样，它们也都被封掉了，或是标有警戒标识，让你知道那究竟是什么地方。但不幸的是，有些诡计巷道有四处闲逛的习惯——先是消失，然后又从另一个地方冒出来。所以说真的，永泊镇联合议政公会颁布的诡计巷道地图没什么用。我更偏爱即时的实景地图，虽然它不甚完美，却很擅长自动更新。”他从桌上拿起一叠叠好的地图，递给了安娜伊。“尽管如此，联合议政公会为了记录这些难以记录的事物已经尽力了。每人拿一张吧。”

霍桑把最后一张地图递给茉莉安。她把它打开，仔细地看着那些弯弯曲曲的小街小巷。几十面粉色、红色和黑色的小旗子散落在地图上，把那些已知的诡计巷道标了出来。

米尔德梅一拍手。“现在，跟我来，”他朝着地图室门外走去，“咱们去探险！”

这是个完美夏日，老镇区阳光明媚，温暖宜人，919 团兴奋得吵吵闹闹。一般情况下，一年级的学员在校期间是不允许离开奇团的，但米尔德梅获得了助教的特别许可，得以带着班上的孩子们出去上一节实践课。不过，要是有谁——包括米尔德梅在内——给奇迹社团找了麻烦，那他们就要受罚，在高峰时段被捆在傲立车站的轨道上。

他们的目的地是迫近寺，离奇团不远的一条小街——就是那种幽暗、肮脏的小巷子，大部分人经过时都不会注意它。

米尔德梅指了指墙上的一个脏兮兮的小牌子，只见上面写着：

迫近寺

注意！

依奇地异境战队及永泊镇联合议政公会之令

此街为粉色警戒等级诡计巷道

（内有令人讨厌的诡计，进入后会带来极大不便）

入内者后果自负

“当然了，”米尔德梅说，“最安全的就是永远也别碰诡计巷道。可一旦不知不觉地踏进去了呢，你就得有个行动计划才行。所以，对你们来说，简单明了的三步走计划如下。第一步：保持冷静。相信我，要是突然飘到半空里，你肯定会慌得不行。而一旦慌乱起来，我们就失去了清晰思考的能力。”

“你们要记住很简单的两件事：吸气——”他吸了几秒，“呼气。”他缓缓地、平稳地吁了一声。“现在跟我一起做。准备好了？吸气。”学员们全都深深地吸了一口气。“呼气。”吁——“很好。你会惊奇地发现，在害怕的时候，只要还能记得呼吸，就有很大帮助。”

卡当斯转向茉莉安，翻了个白眼。

“真棒，”她咕哝道，“要不是他提起来，我都要忘记身体的这项本能了呢。我得写下来。”她做出傻乎乎的鬼脸，假装拿着支笔，在空中乱画一通。

“嘘。”茉莉安忍住笑意。

“第二步：后退。”米尔德梅说，“在诡计巷道里，我们通常并不清楚到底会发生什么。你可能很幸运地只是碰上了失重，或者墙壁合拢——这两种很常见。但还有其他的比较危险的诡计。几年前，鸠罗河－骚塞码头那里就有一条诡计巷道，夹住了一个男人，把他活活憋死了。我还看过一个故事，说很多年前，在老镇区，有人曾在诡计巷道里遭了难，死状凄惨。”

大家全都瑟缩起来，发出厌恶的声音。只有霍桑和安娜伊例外，前者轻声说了句“好酷”，后者则饶有兴致地抬起了头。

“不用怕，”米尔德梅举起手，示意大家安静，“那些巷道已经没了，堵死了。”

茉莉安看着霍桑，无奈地摇摇头——他竟然还挺失望。

“我要说的重点是，当你踏入一条诡计巷道时，你并不总是能清楚地知道要和什么东西对抗。所以，解决的办法就是，不要对抗。后退。永远都要选择后退。绝不要以为你比诡计巷道聪明，绝不要以为你比它强大，绝不要以为硬拼就能走过去。和抄近道相比，你们的生命要珍贵得多。”他依次望向每个孩子，只见年轻的圆脸上神情严肃。

“最后，第三步：报警。为什么报警很重要呢？”

安娜伊立刻举起了手：“因为可以防止别人也走进去。”

“很好。还有吗？”

“因为地图上可能没有标注。”马希尔说。

“对。还有吗？”

学员们都不吱声了。

米尔德梅再次展开了那张联合议政公会制作的地图。“因为它可能已经变了。诡计巷道是变化多端的——它们可能随着时间的推移而变形、进化。看看你们手里的地图。看到佩林斯园了吗？在高墙区。那里曾经有一处最普通的倒吊诡计，你们每天都要经过。上个星期，一名四年级的学员不小心拐错了弯，拐进了佩林斯园，结果一脚踏空，掉进了未处理的污水里。”

大家全都作势呕吐起来。

“诚然有些恶心，”米尔德梅继续说，“但那个年轻人处置得很是得当：保持冷静，后退，告诉列车长——唔，先洗了个澡，然后才告诉列车长的。列车长告知了奇地异境战队，然后我们又汇报给联合议政公会。于是，现在的这份地图已经更新了。因为涉及健康风险，他们将佩林斯园的警戒级别从粉色（内有令人讨厌的诡计，进入后会带来极大不便）提高到了红色（内有高危诡计，进入后可能会造成伤害），并且安装了新的警示牌。”

“可是，老师，他们干吗不把它堵死呢，就像那些置人于死地的诡计巷道一样？”霍桑问。

“因为佩林斯园的这条巷子还有希望。既然它能从倒吊诡计变成污水池，那么或许有朝一日还能变回普通的街道。只有那些毫无希望的巷道会被填死，也就是达到黑色警戒级别的那些。”

“黑色警戒级别是什么意思？”茉莉安问。

“入内必死。”

茉莉安哽住了。在永泊镇，这样可怕却尚未被发现的巷道究竟还有多少？

“别担心，”米尔德梅笑着说，“在这条街上，黑色警戒级别的巷道很少。比如迫近寺只是粉色警戒级别的。我带你们来就是要你们实践一下。每个人都要进入迫近寺，完成我们三步计划中的前两步，然后安全退出。谁先来？”

毫无意外，又是萨蒂亚和霍桑想打头阵，他俩为了挤到最前面，差点儿大打出手。不过米尔德梅却另有安排。

他把不太情愿的弗朗西斯叫到了前面，扶着他的肩膀，和他一起注视着迫近寺那狭窄的、铺着鹅卵石的小巷。其他人都围拢在他们后面，仔细地看着。虽然茉莉安看不见弗朗西斯的脸，却知道他肯定很害怕——他在发抖，肉眼可见。

“菲茨威廉先生，记住，”米尔德梅说，“深呼吸。后退。做到这两件事，你就能安全无恙。”

“不能让别人先去吗？”弗朗西斯呜咽着问。

“嘿——我我我！”霍桑猛地举起了手。米尔德梅伸出手把它按下去了。

萨蒂亚不耐烦地喘着粗气说：“别跟个小孩儿似的，弗朗西斯。老天啊，不过是粉色警戒等级而已。”

“萨蒂亚，别这么刻薄。”米尔德梅说，“不过，弗朗西斯，她说的倒是没错。这只是个倒吊诡计而已，最糟也就是造成血液倒流罢了。一旦觉得不对劲，向后退几步，退出来就好——就算被吊到了半空，也要像在平地上一样，做后退的动作。巷道一感觉到你的后退意图，就会把你放归原位的，很快。”他轻轻地推了推弗朗西斯，“去吧，你能做到的。”

弗朗西斯往前走了一步。接着又走了一步。

霍桑小声地、鼓励似的念叨起来：“弗朗西斯。弗朗西斯。弗朗西斯。”茉莉安和其他学员也加入进来，轻轻的加油声充满了狭窄的空间。“弗朗西斯。弗朗西斯。弗朗西斯。”

又是一步，接着又是好几步，弗朗西斯走进了巷道里面。突然，他被拉到了空中，头冲下悬着，仿佛整个人失重了似的。他吊在那儿晃悠了一会儿，一条腿笔直地伸向天空，另一条腿和两条胳膊却不停地扭动着。

“保持呼吸，弗朗西斯！”米尔德梅喊道，“冷静！”

弗朗西斯大口大口地喘着气，不再扑腾了。

“你知道下一步该怎么做，来吧。往后退一步……然后再退一步……”

“弗朗西斯。弗朗西斯。弗朗西斯……”

尽管头朝下，弗朗西斯还是抬起脚，夸张而滑稽地向后跨了一大步。接着又是一步。再一步。这时——

“对了！”米尔德梅兴奋得大叫一声，跳起来向空中挥了一拳。只见弗朗西斯已经头朝上踉踉跄跄地落在鹅卵石地面上了。他转过身来，上气不接下气，吓得直发愣，却咧开嘴笑了。

学员们轮流走进了迫近寺，每个人都在米尔德梅和其他人的欢呼声中体验了一把头朝下、脚朝上。茉莉安被四脚朝天吊起来的时候又是笑又是叫，霍桑则恨不得再来一次。

“可以再来一次啊，斯威夫特先生，”米尔德梅说，“所有人都可以再来一次。每个人都带地图了吧？我要你们分成三组，在老镇区选择一条诡计巷道，练习安全退出。仅限北区，仅限粉色警戒等级的巷道。记住：保持冷静，后退。勇气广场上的钟响三声时，咱们在奇团的大门口集合。”

“弗朗西斯，你愿意加入我们这组吗？”茉莉安邀请他。弗朗西斯皱着眉，转过身去。当天她一直在找机会和他搭话，却都没有成功。这已经是第四次了。茉莉安原本以为萨蒂亚的暴脾气就挺让人难受了，可弗朗西斯更糟——不是一脸轻蔑地瞪着茉莉安，就是在她搭话时假装没听见。

“他好像忘了自己是投哪边的票了，是吧？”霍桑嘀咕道，“我要是你，我就算了，茉莉安。”

弗朗西斯跟着萨蒂亚和安娜伊走了，马希尔领着阿占和兰伯斯往另一个方向去了。没人搭理卡当斯。大家连看都没看她一眼——又把她忘了。卡当斯站在那儿，又尴尬又生气。

“跟我们一组吧，卡当斯。”茉莉安朝她招招手。卡当斯慢悠悠地踱了过来，做出一副毫不在意的样子。

三人共用茉莉安的地图。北区共有十一条粉色警戒级别的诡计巷道可选。霍桑和卡当斯花了十分钟才统一意见，挑好一条，可等他们赶到时，马希尔的小组却已经捷足先登了。所以他们又得重新挑选了。

“恶魔园！”霍桑指着茉莉安手里的地图说，“这个听起来很酷！”

“那是西区的，笨蛋。”卡当斯咕哝道。

“那又怎么了？”

“他说仅限北区。”

“几乎算不上西区了嘛——只隔了一个小区。”

“那也是。”

“喂，咱们快走吧，”茉莉安卷起地图，“不然都要下课了。”

恶魔园又窄又黑，太黑了，黑得他们都看不清里面到底有什么——就像往一条隧道里面看似的。入口处挂着一个小牌子，和迫近寺的一样，标示着这是一条粉色警戒级别的诡计巷道。

“我先去。”霍桑说着摆出了起跑的姿势。茉莉安一把抓住了他的衬衫。

“等等！你不能跑进去啊，都不知道里面是哪种诡计呢。理智点儿。慢慢走。”

“遵命，老大。”霍桑翻了个白眼，咕哝道，然后就不情不愿地放慢了步子。茉莉安和卡当斯满怀期待地看着他，以为他又会被突然吊起来，头朝下。然而，霍桑走到一半停住了，身子微微地晃了起来。

“霍桑？”茉莉安喊道，“怎么了？你还好吗？”

“我感觉……我感觉不太好。”

“生病了？”

他又往前走了一步，再次停住了：“呃——啊，我觉得我要吐啦！”

卡当斯发出了作呕的声音。

茉莉安皱起眉头。“你觉得这是诡计吗？还是你吃错了什么东西呀？”这两种可能性都有，她想，因为这天中午，霍桑狼吞虎咽地吃了三份烤牛肉三明治、四碗海螺汤、一品脱草莓牛奶。

“我觉得是——呃啊啊啊啊！”他弯下身子，两只手撑着膝盖，全身抽搐着，好像身体自己要净化一遍似的。

“后退！”茉莉安喊道，“霍桑，试着往后退一步！”

"不行……不行，我就要……"他捂住嘴巴，身体又摇晃起来了。

"退出来啊，笨蛋！"卡当斯大叫。

霍桑强撑着，哆哆嗦嗦地往后退了一步，然后又退了一步。茉莉安看见他身体的紧绷感一下子消失了。他站直了，再次后退，然后就一溜烟地跑了出来。

"真吓人。"他说着把头发往后拢了拢，只见他脸色苍白，还有些发青，大汗淋漓，"下一个谁去？"

"我就算了吧，多谢。"卡当斯一点儿都不感兴趣。

霍桑瞪着她说："那可不行。既然我去了，你们俩也得去。"

卡当斯冷哼一声："门儿都没有。"

"你肯定能比我走得更远。"

"我才不在乎呢。"

"你绝对是害怕了，胆小鬼。"霍桑咯咯咯地叫唤着，拍打着胳膊，模仿小鸡的模样。

茉莉安翻了翻眼睛："天啊，行了，我会去的。给你，卡当斯，拿着地图。"她迈开大步，踏上了那条鹅卵石小路，没多久就感到一阵恶心。她停下来，等待着，不知道自己是要摔倒，还是要晕过去，抑或是吐在自己的鞋子上。也可能三者兼有。

然而，似乎有什么东西把她拽出来了——从令人作呕的混沌中拽出来了。那是一种她解释不了的本能，或冲动。她一直在回忆那天晚上在波希米亚区的经历，还有那条通往老德尔菲安音乐厅的臭气熏天的小巷。而最重要的是，她非常好奇，想知道自己到底能走多远，尽头是什么，以及……要是她穿过了这条巷道，会发生什么……

她又往前走了几步。这时她不得不弯下腰，双手撑住膝盖，等了好几秒，才熬过第二波眩晕和恶心。

“现在可以回来了，”霍桑在身后喊道，“你已经比我走得远了！”

虽然往前走就会感到一阵阵难以忍受的恶心反胃，可是茉莉安还是试着又迈了一步。这条巷道里隐藏着什么。她的指尖掠过丝丝刺痛。这儿肯定还有别的东西——前面好像有声音。一开始还是模模糊糊的，后来就……

“……现在那些该死的潜行特勤已经闻着味儿追来了。这么下去可没法儿按时完活儿。”

潜行特勤？她是不是听错了？

茉莉安停住了，她极力想听清接下来的对话，极力想忍住恶心呕吐的冲动。她必须看清楚是什么——或者谁——藏在巷道深处。她坚持着往前走，尽管身体颤抖着，尽管霍桑和卡当斯在身后喊着“快回来！你要干什么！”——终于，就在茉莉安觉得马上就要把午饭全吐出的时候，她往前一扑，冲破了一堵看不见的阻力墙……恶心的感觉消失了。就这么消失了。

她回头一看，霍桑和卡当斯不见了，恶魔园另一端的亮光也不见了。这条巷道仿佛掉转了方向：她的前方不再是黑暗深邃的通道；黑暗出现在她身后。

茉莉安站在巷口，面前是她从未见过的大广场。地面粗糙，凹凸不平，铺路石早已碎裂，久未修补，一丛丛的杂草钻了出来。这广场像是临时搭建的市场，旧帆布棚子和摊贩使用的桌子又脏又乱。摊位全是空的，仿佛市集刚刚结束，或是一直都没有开始。这里充盈着幽静荒凉的气氛，茉莉安不禁后背发凉。

“价格会高得多。”附近的棚子里模模糊糊地传来一个女人的声音，“再坚持几天，等到大……”

“我现在就得找到买家。”男人的声音焦急地插了进来，“这东西确实稀罕，但我不能就这么一直留着。它可是个难缠的玩意儿。看看它都对我干了些什么——但愿没有感染！”

茉莉安觉得自己这样站在几乎空无一人的广场上没遮没挡的，于是退回了小巷的阴影里。她的胃里翻腾着一种奇异的感觉，不过似乎和这会令人作呕的诡计巷道没什么关系。

“我告诉你，”女人说，“耐心点儿。如果这件货真像你说的那么好……”

“就是这么好啊。”

“……那么它在下一次的拍卖中就能卖出好价钱。你的名头也就叫响了。秋天就还能再干一票。”

茉莉安突然觉得有什么东西滴在了自己的脑袋上，她本能地伸手去擦，却发现手指变黑了，像沾了墨水。她抬头一看，发现上方是一座巨大的木头拱门的门楣，一个男人正站在高高的梯子上，一只手拿着刷子，另一只手拎着黑油漆桶，往上面写字：

邪灵口

他低下头，一看见茉莉安就睁大了眼睛。

“哎哟！”他叫了起来，手里的锡罐当啷一声掉在地上，黑色的油漆泼洒在鹅卵石上。茉莉安跳起来，躲开溅向裤子的油漆。“你是谁？你怎么进来的？”

她没回答。油漆工赶紧从梯子上往下爬，匆忙中差点儿摔下来，但茉莉安的动作更快。她掉转方向，沿着这条隧道般的小巷，朝来时的地方飞奔。她再次冲破了那道看不见的墙，一头撞进了恶心眩晕的感觉里。这感觉比来的时候更强烈，她觉得自己快要撑不下去了。可她继续往前跑，没有放慢脚步。想吐的感觉渐渐减轻，前方出现了亮光，接着又出现了霍桑和卡当斯震惊的脸。茉莉安跑得更快了。冲出恶魔园巷口的时候，她朝着他们大喊：

“快跑！”

13

火与冰

茉莉安一边跑，一边听着身后的脚步声。她领着霍桑和卡当斯穿过幽暗的小巷，冲到了老镇区明亮的街上。他们一路闪避着车辆和行人，一点儿也不敢慢下来，一直跑到了奇团的大门口。三个人全都上气不接下气，累得精疲力尽，但总归安全了。如果那个男人真的追着茉莉安出了恶魔园，也肯定在半路上就被他们甩掉了。

“到底怎么了？”霍桑大声嚷嚷着，他弯下身子，双手叉着腰，“到底为什么要跑啊？”

茉莉安不知道该怎么回答他。一个拿着油漆刷的男人？她说不出那个隐蔽的广场到底是怎么回事，但是那后背发凉的感觉却一直没有消失，哪怕跑得浑身燥热。她把自己听见的和看见的都告诉了霍桑和卡当斯，他们的神情和她一样迷茫无措。

“邪灵口？”卡当斯说，“是不是‘邪灵黑市’？”

“可能是，”茉莉安说，“那个人可能没写完后两个字。”

卡当斯睁大了眼睛："这可不妙。"

霍桑做了个鬼脸："嘿，得了吧。卡当斯，你该不会真的相信有什么邪灵黑市吧？"

"你不信吗？"

"邪灵黑市是什么？"茉莉安问。

"你们在说什么？"米尔德梅来了。勇气广场上的钟刚好敲响三下。

"呃……"茉莉安犹豫了。她很想问问米尔德梅，之前看到的那些究竟是什么，可两个念头立刻冒了出来。第一个是，他们进入了西区，而那里本来是不允许去的。第二个是，她在诡计巷道里的时候，完全违背了他的"三步走计划"。原本应该"后退"，可她却执行了自己的"两步走计划"：一直往前冲，冲到了巷子的另一端；明知道那是明令禁止的，却还是窥探到了不该触碰的东西。她该怎么跟米尔德梅解释这些？"没……没什么。"她磕磕巴巴地说道。

米尔德梅满腹狐疑地看了看茉莉安，然后看了看霍桑，最后又看了看卡当斯："我好像听见有人提起'邪灵黑市'？"

茉莉安的脸都白了。"啊，没有……呃，好吧，是的。只是说着玩儿的……"

"呃，对对，我哥哥霍默今年一直在为这事儿烦我。"霍桑立刻打断了茉莉安，免得她多说露馅儿。他瞥了她一眼，继续说："我哥哥说，现在我已经加入社团了，邪灵黑市就要盯上我了。不过我看他就是嫉妒我，因为他没有心法。”

这位年轻教师的神情柔和下来，像开玩笑似的说：“我明白了，古老的传统故事！都市传奇代代相传！”他望向远处，朝着正奋力爬坡的孩子们喊道：“啊！你们回来了！”米尔德梅和奇团门口的警卫打了个招呼，大门便吱吱嘎嘎地打开了。他领着大家踏上长长的车行道，向傲立楼走去。

“什么都市传奇啊？”茉莉安问。

她和霍桑、卡当斯故意落在了队伍后面，围住了米尔德梅。其他人则一群一伙地走在前面，高兴地聊着天，回味着成功的诡计巷道之旅。“哦，只不过是人们口口相传的故事，流传得久了，有人便信以为真。其实都是用来吓唬年轻学员的蠢话罢了。”他不以为然地挥挥手，“我都懒得管。”

“早告诉你了吧，”霍桑对卡当斯说，“不是真的。”

“是真的。”卡当斯坚持道，“我妈妈认识一个阿姨，她的婶祖母被邪灵黑市抓走了。后来他们就再也没见过她了。”

米尔德梅不太情愿地叹了口气，把手插进裤袋里：“好吧，可见很多年前，邪灵黑市的传说就有人信了。人们说那是个秘密的非法交易场所，你想要的任何东西都能在那儿买到——武器、稀有的奇状动物、违禁的巫术配方……”

“就连奇迹动物也能买卖。”卡当斯说。

“奇迹动物也可以买啊，”茉莉安重复道，觉得恐怖极了，“太吓人了。”

“挺受不了的吧？”卡当斯说，“而且不只是奇迹动物，还有半人马、独角兽、龙蛋，什么都有。当然，后来政府把它关闭了，就没……”

“也有华姿猫吗？”茉莉安打断了她，“华姿猫也可以买卖？”

米尔德梅诧异地看着她：“干吗这么问？”

“只是问问嘛。”

当然，她想的是布兰布尔教授的那只小猫崽。不过，芬内斯塔也从她的脑海中钻了出来。一想到虽然固执、牢骚满腹，却又忠诚而谨慎的小芬会被逮起来卖掉——竟然有人愚蠢如斯，想要将华姿猫芬内斯塔据为己有——茉莉安就想对他拳脚相向。

当她第一次来到永泊镇，见到小芬和她蓬蓬的灰毛、气呼呼的模样，茉莉安确实吓了一跳，因为她从来没有见过华姿猫——在新闻里看到过，但那完全不同。在冬洋国，总统那六只拉车的华姿猫很有名……它们都是安静、驯顺的动物，皮毛黝黑发亮，脖子上套着带饰钉的项圈。

鉴于目前的这些新消息，茉莉安忍不住去想，那些华姿猫，最早都是从哪儿来的。会不会是经由黑市买来的？像小芬那样聪明、独立的生物，竟然渐渐变成了驯顺的拉车家畜。

“我听人说过，”卡当斯把声音压得更低了，“甚至连心法都可以买。盗骨者会绑架奇迹社团的成员，窃取他们的心法，然后卖到黑市去。”

“盗骨者？”茉莉安问，“什么意思？”

米尔德梅呵呵一笑。“也叫‘骸骨军团’，”他翻了翻眼睛，“可怕的夜魔、妖怪吧。据说它们会从黑暗僻静的聚集地冒出来——墓地啊，战场啊，河边啊，你懂吧……”

“霍默也总是这么说，”霍桑瘪着嘴苦笑道，“如果闻见咸水或腐肉的气味就要当心了，否则……”

“否则就会听见骨头发出咔啦咔啦的声音？”米尔德梅大笑起来，“是啊，我像你们这么大的时候，大家也喜欢这样吓唬来吓唬去的。告诉你们吧，这就是鬼故事而已。小孩都会怕床底下的怪兽。这些都不是真的，用不着害怕。”

但茉莉安没有笑。她有种突然下坠的感觉，就像下楼梯时踩空了似的。

米尔德梅走到前面，和其他学员聊起了大家在诡计巷道里的实践。而茉莉安放慢脚步，拖住了霍桑和卡当斯。

“我觉得盗骨者的事并不是传说啊。”她轻声说，胳膊上的鸡皮疙瘩冒了出来，“我……我好像……见过一个。”

“什么？”卡当斯问。

“在哪儿？”霍桑问，“什么时候？”

“有一阵子了，在码头那边。当时我不知道那是什么东西，可它就是米尔德梅描述的样子啊。”茉莉安回忆起那诡异怪诞的场景，不由得哆嗦起来。

“所以，如果盗骨者真的存在……”霍桑皱起眉头，两眼之间的纹路加深了。

“那么邪灵黑市肯定也存在。”茉莉安接下去说道。

她想到了卡希尔、帕克西姆·勒克和布兰布尔教授的华姿猫幼崽。如果还有机会找到他们，那么邪灵黑市的可能性很大。

如果这些预感没错，那么她就得再次到恶魔园去一探究竟了。

尽管并无必要，米尔德梅却还是一路护送，把919团送到了傲立车站。欢悦小姐正在那儿等着接他们回家。她坐在家庭专列门口，双手捧着一杯茶，眼睛闭着，享受着穿透树冠洒下来的午后阳光。

“嘿，你好啊，玛丽娜。”米尔德梅说。他的声音淡然得让人惊讶，茉莉安能肯定，他是在装模作样。他把刘海儿往后拨了拨，露出眼睛，笨拙地挥了几下胳膊。茉莉安好像看见他的脸颊上泛起了淡淡的红色，于是戳了戳霍桑，调皮地笑了。

“他喜欢她。”霍桑小声说。

欢悦小姐睁开一只眼睛。“是你啊，亨利。你们怎么样，还好吗，老镇区之旅？”她站起来，把剩下的茶泼在轨道上，“大家准备——”

一阵半是尖叫、半是呜咽的声音打断了列车长的话。茉莉安闻声转身，一下子就吓呆了，冲过来的仿佛是一枚人体炸弹——看起来像，感觉起来更像——疯狂挥动的四肢，长长的、苔藓似的绿色头发，混成了汹涌的旋涡。

“你对他做了什么？你都干什么了？回答我！”

茉莉安看见海洛薇兹冲着自己的脸抓过来，连忙退开了。米尔德梅和欢悦小姐一人一边拉着海洛薇兹的胳膊，把她往后拽，可她不停地挣扎着，还想往前扑。霍桑和卡当斯冲上去，搀住了吓蒙了的茉莉安。

“住手！”欢悦小姐费力地想抓牢海洛薇兹。

“她肯定知情，”海洛薇兹唾沫飞溅地嚷嚷道，“她肯定对他做了什么！他去哪儿了？阿尔菲在哪儿？”

“海洛薇兹，你冷静点儿，”米尔德梅说，“你在说什么？阿尔菲怎么了？”

海洛薇兹哭着，抽抽噎噎的：“看吧！看啊！”

她抽开手，把一张纸条伸到米尔德梅眼前。米尔德梅摸不清头脑，大声念了出来：“‘我不能再待下去了。我不配加入社团。请收走我的 W 形别针吧。我就此退出我的团队。此致敬礼。阿尔菲·斯旺。’可是……海洛薇兹，这事儿怎么可能跟茉莉安有关系呢？如果阿尔菲自己想离开，那……”

海洛薇兹哽咽难言：“阿尔菲才不想离开！他绝不会不跟我说一声就走！他爱我！这张破纸条绝对不是他写的！”

米尔德梅有些同情她：“确实看上去不像是……”

“肯定不是他写的，”海洛薇兹坚持道，“阿尔菲不知道‘此致敬礼’怎么写！他连自己的名字都拼不全。这绝不是他写的！绝对不是！”

欢悦小姐从米尔德梅手中接过纸条，仔细地看了看：“可是，这也不能说明就和茉莉安有关系啊。”

“她就是有问题，人人都知道！”海洛薇兹尖叫着，脸上全是泪痕。站台上的人全都看着他们。茉莉安不禁瑟缩起来。“她肯定对他干了什么。我知道。她就是那种……我不会形容。反正她就是能操控人，我见过她使坏！是她把阿尔菲赶走的！要是她伤害了他，要是她操控阿尔菲伤害了自己，那该怎么办！她是故意的，就是冲着我们来的，因为我们……哦，阿尔菲！”她说不下去了，又哭起来了。

“海洛薇兹，”欢悦小姐说，“我知道你肯定很担心，但是……”

“她的心法到底是什么？”海洛薇兹质问道，“所有人都不知道。长老们干吗不告诉大家？就是因为那是危险的啊！要不然，怎么她一加入社团，就发生了那么多失踪事件？”

一张张面孔转向了茉莉安。一种熟悉的感觉沿着她的脖颈爬了上来——她突然间意识到，自己其实一直在等待。从她加入奇迹社团的第一天、帕克西姆·勒克失踪的那一刻起，茉莉安身体里从未消失的那个被诅咒的孩子，就一直在等待这一刻——等待被指控。

欢悦小姐再次抓住了海洛薇兹的胳膊。这时，四周传来了窃窃私语的声音。

“当心。”兰伯斯轻声说道。但欢悦小姐没听见。

“跟我来好吗，海洛薇兹？”她刻意地用平静耐心的声音说道，“来吧，咱们回傲立楼，才能把问题理清啊。我看你需要来杯好茶。”

兰伯斯哆嗦了一下，又说道：“当心。”这一次她直直地望向了茉莉安。

茉莉安皱起眉头：“什么意……”

可海洛薇兹却像暴怒的猫似的，疯叫着挣脱开欢悦小姐的手：“闭嘴！别碰我！”

她的手往后一扬，茉莉安还没看清楚，那道银色的寒光就射了出去。欢悦小姐疼得大叫一声。海洛薇兹的流星镖在她的脸上划出了一道细浅的口子，血渗出来了。

刹那间，站台上惊呼和喊叫连成一片。

茉莉安也张开了嘴巴，震惊和愤怒喷涌而出，但是没发出任何声音。这种汹涌的暴怒是她从来没有感受过的。它从她的身体里倾泻而下，不像水，像熔岩，像由内而外灼烧着她的液态的火焰。她的喉咙里又冒出了灰烬的味道，就像第一封勒索信出现时那样。她的怒火像头怪兽，从她的胸膛深处、她的肺里面爬了出来，烫伤了她的喉咙，由她的嘴巴喷出，把四周的空气都点燃了。

她感到了百龙之怒。

她能烧毁整个世界。

茉莉安的嘴巴里吐出了一个火球。

它在半空中熊熊燃烧，毫无控制，没有目标，燎着了海洛薇兹的皮肤，呼啸着从她身边擦过，径直射穿上方的树冠，点燃了车站的顶棚。

海洛薇兹尖叫起来。

所有人都喊叫起来。

茉莉安深深地吸了一口气，恐惧铺展开来，蒙住了愤怒。

“够了！”人群背后的什么地方传来一声怒吼。一股巨大的旋转水柱攀上天空，扑灭了烈焰，又落在树枝上，凝结成冰。车站上一片死寂，只有海洛薇兹还在哭。大家全都转身去看，到底是谁力挽狂澜，救了所有人。

站在人行天桥上的，是穆加特罗伊德。她那双浑浊的眼睛闪着寒光，比茉莉安记忆中的还要冷酷。她喘着粗气，仿佛刚刚跑完一场马拉松。她的鼻孔里喷出了冰雾，在她的脸颊上结成小小的冰晶，那双关节粗大的手扭成了爪子。

这位奥术学院的助教走下台阶，走向站台，人们全都屏息凝神，不敢妄动。她一边大步流星地走，一边改变着形态：蜷曲的驼背变成了舒展挺拔的身姿，粗糙的白发变成了柔软的银发，眼睛明亮起来，变成了含着怒意的冰蓝色；吱——嘎，咔啦啦，咔啦啦，脖子发出诡异的声音，奥术学院的助教不见了，取而代之的是凡尘学院的助教。

“你。”迪尔伯恩指了指欢悦小姐，眼睛却瞪着茉莉安。她的声音极度克制，不带一丝情感。

但她的神情却是恐惧的。

“把克罗小姐送到长老院去。”

14 长老院

茉莉安站在一座高耸的紫晶雕像的阴影里：面目狰狞的傀儡大师高举着利爪般的双手，操纵着人偶；舞动的人偶目光呆滞，无力瘫软，正悬在茉莉安的头顶。

欢悦小姐站在她身旁，另一边竖着两尊白色大理石雕刻的女人像。雕像有十五英尺高，是一对双胞胎，面容甜美，精美的面具遮住了眼睛。她们身体相连，却从心脏那里一分为二，就像伸展的树杈。

去年，卡当斯窃取了与长老们共赴秘密晚宴的名额，那本该属于茉莉安。从那时起，她就很想看看长老院里面究竟是什么样子。极少有人能进入奎恩长老、黄长老和萨加长老的密室圣地——哪怕是社团成员也难以入内，那可是一种稀少而幸运的荣耀。

茉莉安没有感到幸运，也不觉得多么荣耀。她并不想如此这般地参观长老院，更不希望是因为这种理由而来。

茉莉安开始数雕像的数量，因为她需要转移注意力。一共九尊。他们的姿态很庄严，脸上的神情或英勇，或严厉，或和善，或冷漠。有一个蒙着眼睛的男人，是用绿松石雕成的。蔷薇石英雕刻的女人有八条胳膊，像扇子似的张开，环绕在身边。还有一个琥珀雕琢而成的男人，他的双手是蜡烛，烛泪沿着他的胳膊往下淌……

茉莉安本来会对这些神秘而肃穆的雕像很感兴趣，但此刻她太害怕了，而且心里确信这些雕像、这一场景，就是她在奇团的最后一瞥了。所以，她只是强忍着——这是今天第二次了——不要吐出来。

她和欢悦小姐撇下了站台上震惊的众人，在紧张焦躁的沉默中，一路走到了傲立楼。即便到了现在，她还是能感受得到她的列车长的慌乱、紧张、强撑着——那是一种难以名状的担忧。

“你还在流血呢。”茉莉安终于鼓起勇气，看了看欢悦小姐的脸。她把套头衫的袖子抻长，伸出手想要替她擦掉血迹，可欢悦小姐闪开了……然后带着歉意淡淡地笑了一下。

茉莉安觉得眼泪涌出来了，眼睛一阵刺痛。她连忙深吸了一口气。

大厅深处的木头大门打开了，迪尔伯恩女士走了出来，正装鞋咔嗒咔嗒的响声回荡在偌大的空间里。

“你，”助教指着欢悦小姐厉声说道，“去教学医院，把伤口检查一下。”

“可是，迪尔伯恩女士，我能留——”

“现在就去。”

欢悦小姐犹豫了，为难地看了茉莉安一眼。可是她没有别的选择，只能离开。经过茉莉安的时候，她轻轻地捏了捏她的肩膀。

长老们逐一步入大厅，后面跟着巴兹·查尔顿，那个自以为是、骄傲自大的家伙。茉莉安的心往下一沉。当然了，她想，他是海洛薇兹的资助人嘛。

跟在巴兹后面的是矮小的昂斯托得教授。他拖动着扁扁的龟足，慢得不能再慢了，背上那庞大的龟壳好像随时都能把他压垮似的。他来这儿干什么？茉莉安想。

看来，这里集合了全世界所有讨厌她的人。可就在这时，一片金黄色冲了进来，掠过昂斯托得，径直扑向了茉莉安。

“朱庇特！”她高兴得忍不住大叫起来。

“茉莉安！”他急切地回应她，双手揽住她的肩膀问，“你没事吧？”

茉莉安仰着头，凝望着她的资助人。他来了。朱庇特真的来了。他怎么能这么快就赶来呢？她不在乎了。她只知道，自己不再是孤身一人，这足以让她感到一阵放松。他那双明亮的蓝眼睛望着她，睁得大大的，满是担忧。

“小茉？”他催她。茉莉安觉得喉头发紧，说不出话来，只是点了点头。他们之间始终是有默契的。

“她没事？”巴兹咬牙切齿、唾沫飞溅地质问道，“惹事儿的可是这小麻烦精，一切都是因为她，你倒问她有事没事？你在开玩笑吧，诺斯？”

朱庇特没理他。

“这项试验失败了。”迪尔伯恩激动地在大厅里走来走去，她把脖子扭向一侧，闭了闭眼睛，“长老们，去年表演选拔赛之后我就曾恳请诸位采纳我的建议，但你们置之不理，于是今天——”

迪尔伯恩又扭了一下脖子，耸耸肩膀，深重地吸了一口气。茉莉安感到了一种熟悉的恐惧，令人毛骨悚然，即便是在场的成年人，也都在回避闪躲——凡尘学院的助教，又要变身成奥术学院的助教了。这就好像目睹一朵花迅速枯萎衰败。苍老扭曲、眼神浑浊的穆加特罗伊德出现了，她棕色的牙齿龇着，空洞的目光落在茉莉安身上。

“我早就跟你们说过，”穆加特罗伊德哑着嗓子说道，“她应该是我们学院的人。亲爱的小杜没说错啊，这的确是个失败的试验。但失败的并不是这个坏女孩儿。是你们辜负了她的恶。我告诉过你了，小杜——”

一道冰冷的蓝光洒在穆加特罗伊德脸上，随着咕咕哝哝的呻吟声和咔啦咔啦的骨折声，迪尔伯恩暂时闪回。“这跟你没关系，玛里斯，”迪尔伯恩嗞嗞作声，“出去！”

变身再次开始，穆加特罗伊德又回来了。“这当然与我有关，”她低声咆哮，令人胆战心惊，“我早就说过，必须有人教一教这小怪物诡术，否则诡术就没有适当的——”

啪！咔嚓——仿佛骨头折断的声音。迪尔伯恩再次占据了这具躯壳。大厅里的所有人都不寒而栗，但茉莉安却走神了。穆加特罗伊德刚才的话吸引了她的注意。诡术。她在哪儿听过这个词来着？

“这不是你的地盘！你这胡言乱语的疯子！”迪尔伯恩叫道，“不论你同意不同意，这女孩儿都是我们凡尘学院的人。”她猛地转过身，面对着诸位长老：“请原谅，奎恩长老，但我的确提醒过你们，这样做是大错特错的。”

奎恩长老叹了口气，平静地说：“是啊，事情确实太过戏剧化了，杜尔希尼亚，但这些都无法帮我们决定行动的方向。”她转向茉莉安，神色里带着深深的倦意。“克罗小姐，海洛薇兹·里切齐正在医院接受治疗，并且不会留下永久性的损伤。得知这一消息，不知你会不会放心一些。”

茉莉安闭上眼睛，颤抖着，长长地呼了一口气。“我……我……当然，放心了。我不是故意要伤害她的，奎恩长老。我发誓。我根本不知道会发生什么。我只是——”

“那阿尔菲呢？”巴兹打断了她，瞪着长老们，“我的阿尔菲·斯旺呢？他不见了。海洛薇兹认为她……”他指着茉莉安说，“……与这件事有关。”

茉莉安突然心里一动。她能肯定，是巴兹把她的事告诉了查尔顿五人组，还怂恿他们攻击她。阿尔菲的失踪，会不会也是他在暗中操纵？他是不是想给茉莉安安上个罪名，然后把她踢出奇迹社团？

那么，919团遭人勒索，是不是也是他干的呢？但茉莉安还是想不出，他这么做能得到什么好处。何必冒这么大的风险呢？

奎恩长老不耐烦地啧啧出声。“哦，斯旺那孩子啊。能在水下呼吸的那个，对吧？查尔顿，别无理取闹了。阿尔菲整整一年都在分数线上挣扎。他显然应该明白，拥有一副鱼鳃，只能算是个不错的起步，后头的人生路还得靠努力才行。”她一挥手，好像希望就此把巴兹轰走似的，“或许，当他意识到身在奇团有多幸运时，就能找回理智，回到校园，重新振作起来了。顺便知会你，我们将对海洛薇兹的暴力行为加以惩处。为了避免恐慌和谣言惑众，诸位长老与我一整年都在尽力控制这种……这种人员失踪的消息外传。现在呢，看看我们的处境吧，这全拜一个大嘴巴女学生所赐。”

巴兹正要反驳，却被萨加长老跺蹄子的声音打断了。

“这些都无关紧要，”这位奇牛闷声闷气地说，“问题依然还是那个问题：我们该如何处置奇迹锻工？”

“按担保协议办！”巴兹嚷嚷着。

房间里的所有大人都倒吸了口气，就连迪尔伯恩都显露出了几分惊恐。茉莉安挨个儿打量着他们的脸。巴兹的话是什么意思啊？为什么会激起大家这样愤懑和不可置信的神情呢？她的目光最后落在了她的资助人身上，这让她不由得把问题咽了回去。

朱庇特走向巴兹，周身带着一股包含着能量的愤怒，他的双手握成了拳头，下巴上的肌肉也绷紧了。巴兹往后一缩，倚住了那尊有好多条胳膊的水晶雕像。长老们跟了上去，仿佛担心朱庇特会对巴兹动手似的。茉莉安知道，朱庇特在压制着自己的脾气，因为他正强迫自己调整呼吸，松开双手。可尽管如此，当朱庇特逼近巴兹，用他最低沉、最骇人的语气讲话时，茉莉安还是觉得后背发凉。

“想好了再说话。在你平庸无奇的一生中，就这一次，查尔顿，请你想一想字词的真正含义，再把它们从你那张白痴嘴巴里吐出来。”

这几句话一说完，周遭一下子静了，静了好几秒钟。巴兹努力地做出一副目中无人的样子，可他的气场却缩小了好几圈。他看向长老们：“好，好吧，我不是想要……我的意思只是……”

朱庇特的眼睛仍然牢牢地盯住巴兹，话却是对茉莉安说的：“茉莉安，到外面去等我。”

茉莉安不想走。她想留下来，看看等待自己的到底会是什么样的命运，看看他们做出决定的那一刻究竟会发生什么。但大厅里——以及朱庇特的语气里——那剑拔弩张的气氛，还是催着她迈开了双腿。

霍桑一直藏在走廊的一尊大理石半身雕像后面等着她。见她走过来，他冲了出来，脸色苍白，神情严肃，眼睛瞪得足有两个大。

“你还好吧？”他压低声音，急切地问。

“还好，”茉莉安也小声说道，“我想是吧。”

“你……”他顿了顿，“茉莉安，你之前知道自己能那样吗？你知道自己能……喷火吗？”

即使笼罩在担忧和困惑的阴霾中，茉莉安也能模糊地感觉到这个问题的荒谬。奇怪的是，虽然恼火，她却仍然庆幸，因为至少此刻是“正常的”——霍桑还能问蠢问题，她还能为此小小地生气。“你觉得呢？我曾经提起过什么细节吗？”

两人沉默了片刻。

“他们要干什么啊？”霍桑问。

“嘘！我也不知道。”茉莉安把耳朵贴在那扇厚重的橡木门上，霍桑也贴了上去。一连几分钟，他们都只能听见叽叽咕咕的声音，直到朱庇特又提高了嗓门儿，气愤地爆发了。

“她只是——一个——小女孩儿。”他一字一顿，仿佛每个字都是从牙齿缝里挤出来的，“别把她说得像个怪物一样。穆加特罗伊德是对的，你们应该——”

“那孩子……”昂斯托得教授的声音低了下去，又听不清了。茉莉安从木门前退开，只觉得胸口一阵发紧。她开始来回踱步，扯着灰衬衫的下摆，把它一圈一圈地绕在手指上。

别把她说得像个怪物一样。

“他们不会打算开除你吧？”霍桑焦急地轻声问道。

“我不知道。”

“他们别想！”他嚷嚷了一句，又放低了声音，“那不是你的错啊。你只是想保护欢悦小姐。如果要开除谁，那也应该是海洛薇兹啊！我得跟他们说说。”

茉莉安没有回答。他们会因为这件事开除她吗？他们可以那么做吗？如果她不再是奇迹社团的成员，那么就得离开永泊镇，就得……

不。她猛地摇了摇头。这只是意外，她给自己打气，他们不会因为意外事件开除你的。

巴兹·查尔顿的话回荡在她的脑海里。“按担保协议办。”无论那究竟是什么意思，显然都不会是好事。茉莉安停住了，眼睛直勾勾地盯着正前方，手指也不绕了。她突然发现……她完全不知道“担保协议”担保的是什么。她从来没有问过。

她怎么问都没问过呢？

过了一会儿，助教出现在门口。

“斯威夫特！”迪尔伯恩厉声说，“回去上课！”霍桑咕哝了句“对不起”，一边往外走，一边焦急地回过头去看。助教转向茉莉安，脸上如覆冰霜，一如既往的高深莫测：“过来。”

茉莉安跟着迪尔伯恩进了大厅。助教每走一步，她就得跨上两步，才能赶上她。朱庇特、巴兹、昂斯托得教授和长老们站在屋子中央，在九尊高大雕像的反衬下显得又矮又小，但和茉莉安相比，仍然要高大得多。

她紧握着拳头，努力不让双手发抖。看看这些大人，很难猜出等待她的是好消息还是坏消息。巴兹绷着脸，还是那副不乐意的样子，可朱庇特也没露出高兴的表情。

“克罗小姐。”奎恩长老招招手，示意她向前。长老两眉之间的皱纹很深，仿佛是绣上去的。“萨加长老、黄长老和我已经做出了决议。我们认为，奇迹社团生活的压力已经对你造成了伤害，同样——”

“你们不能开除我！”茉莉安惊恐地打断了她，“那只是个意外！我从来没想过要伤害谁！求你了，奎恩长老，你一定要相信——”

“我相信你。”奎恩长老提高声调，盖过了茉莉安的声音，“请安静，克罗小姐。”她停了一下。茉莉安咬着嘴唇，竭力克制着反击的冲动。“我并不认为你的行为是恶意的。然而，高级长老院对所有委托给社团照管的人员负有责任。我们必须采取措施，确保你的团队成员以及社团其他人员的安全。我们尚不清楚这一措施的长期效果，但目前来看，你暂且得接受课业隔离审查的处置了。”

朱庇特皱起眉头：“请问这是什么意思，奎恩长老？”

长老重重地叹了口气：“长期来说，我也很难明确它的意思，不过短期看，就是指克罗小姐不再与其他学员一起上课，也不再进入奇团之内。”

茉莉安的心一下子沉到了底，眼泪也沁出来了。她被逐出奇团了？这简直是无法忍受的。

“从现在开始，克罗小姐，”奎恩长老继续说，“你将继续师从昂斯托得教授，单独完成课业。教授将到你家——也就是丢卡利翁大饭店——去为你授课。你的 919 车站直通通道将暂时关闭。现在，请你立刻离开奇团。”

“对不起，最近陪你太少了。”

朱庇特叫了辆马车。挺幸运的，因为他们刚上车就下雨了（或者，根本不是什么幸运？他早就知道要下雨了？茉莉安想问问，可喉头发紧的感觉又来了，她什么都说不出口）。

“我在探险家联盟的那些活儿……算了，不找借口了。对不起。就是这样。”他确实饱含歉意，而且，看上去还有些悲伤。

“没关系。”茉莉安终于哑着嗓子说道。她说的是实话。她确实生他的气，可他的道歉是发自内心的。他是那么的凄然、疲倦，她实在不想再把自己的沮丧也丢给他。反正，这包袱实在太沉了，她背不动了，现在扔掉也好。

他们默默地坐着，气氛越来越凝重。

“我喷火了。”

“嗯。”

“我不知道我能喷火。”

“是啊，”朱庇特若有所思，“我也不知道啊。”

他们又沉默下来，经过了另一个街区，听着噼噼啪啪的雨声和咔嗒咔嗒的马蹄声。过了一会儿——

“可是我怎么能喷火呢？”

“我真的不知道啊，小茉。”

“我是不是要……”她停下来，咽了口唾沫，又忍不住有点儿想笑，“……是不是要变成龙或者别的什么东西了？”

朱庇特哼了一声：“好吧，咱们来看看。你有鳞甲吗？”

“没有。”

“有爪子吗？”

她看了看自己的指尖：“没有。”

“有囤积财宝的冲动？”

茉莉安仔细地想了一会儿：“没有。”

“要我说，那就变不成。”

“他们还会让我回去吗？”她扭过头，看着他。

“长老们会回心转意的，”他说，“我们要想个办法，让他们回心转意。我保证。而且你看，反正暑假也快到了。有整整六个星期呢，足够他们冷静下来了。等到再开学的时候，他们就会改变主意了。”

“你真这么想？”

朱庇特思考了片刻。“我非常了解奎恩长老，”他说，“她并不是……不公正。有时候，她只是需要时间来看看，怎么做才公正。”

他们又静了下来。茉莉安透过蒙着重重雨滴的玻璃，望着车外熙熙攘攘的街道。在距离丢卡利翁大饭店只有几个街区的时候，朱庇特清了清嗓子。

“我知道，你现在可能不太愿意分享秘密，”他平静而谨慎地说道，“不过，你有没有想告诉我的事，小茉？”

她犹豫了。

“你……你有没有听说过……邪灵黑市？”

朱庇特想了一下才回答。

“听说过，”他说，“怎么了？”

茉莉安把那天下午“解码永泊镇”课外实践时发生的事全讲出来了。朱庇特认真地听着，没有因为她不遵守米尔德梅的“诡计巷道三步走”而生气，也没有要求她承诺再也不那么做了，更没有对她所讲述的一切表现出丝毫的怀疑。

“恶魔园，是吗？”他从口袋里掏出个小本子，记下了地名，“我会去调查的。”

我会去调查的。简单的几个字，缓解了茉莉安紧绷了一下午的神经，消除了来到永泊镇之后最糟的这一天带给她的所有情绪。因为，就算这世界上所有人都怀疑她，朱庇特也不会。他相信她。他信任她。

“还有其他的吗？”他问。

当然有了。她有好多好多事情想告诉他，憋了好几个星期想要告诉他。比如，当查尔顿五人组把她摁在树干上，朝她的脑袋扔飞镖时，她有多害怕；比如那些勒索信，以及荒谬的要求；还有她的团队是怎样通过投票，决定共同保守她的秘密……她心里藏着成百上千件大事小情，就等着见到他的时候告诉他。

然而，此刻，朱庇特就在身边，全神贯注地听她讲述，那些事反而变得不那么重要了。他终于回来了，这就足以让她开心起来。想讲给他听的事情，也另换了一张清单。

“我的列车长是整个社团里最好的人。”她开始讲了。

“真的？”朱庇特扬起眉毛，“最好的？”

“对。比你好多了。”

朱庇特大笑起来——她真想念这样的开怀大笑啊——茉莉安也咧开嘴笑了。她讲了好多欢悦小姐的事：又阳光，又亲切，似乎有无限的正能量，她的北极熊饼干罐，她的最棒的笑容，她的酷酷的装扮……“哦，她还自己装饰了我们的家庭专列，真的很舒服呀！我们还有豆袋靠垫！”

她又讲了关于卡当斯·布莱克本的事。她是团队里唯一一个，可能也是整个奇团里唯一一个能不受催眠术影响的人（当然了，她得无数遍地提醒朱庇特卡当斯是谁）。她还讲了自己有多喜欢“解码永泊镇”这门课。

朱庇特认认真真地听着每一个字，在每一个该做出反应的地方都做出了她期待的反应。这感觉太熟悉、太自然、太令人安心，以至于茉莉安真正想问的问题，还等不及她措辞，就自己偃旗息鼓了。在长老院，朱庇特瞪着巴兹·查尔顿的时候，这个问题就一直压在她的喉咙里，发烫，灼烧，像龙喷火似的随时要喷出来。但她还是把它拂开，塞到思绪的角落，让它静静地待在那儿，不理会，也不解答。

仿佛像这样把它丢开不管，只要时间够久，它就能变得不再重要。或许永远都不会是个要紧问题了吧。“担保协议担保的是什么？”这个问题，或许可以一直躺在她思绪的灰烬里，永永远远地泰然、平静、无关紧要。